DER GOLDENE KÄFIG

DER WISSENSCHAFTSOFFIZIER: BAND 3

BLAZE WARD

Übersetzt von

ARND FEDERSPIEL

KNOTTED ROAD PRESS

Der goldene Käfig
Band 3
By Blaze Ward

Herausgegeben von Knotted Road Press
www.KnottedRoadPress.com

ISBN: 978-1-64470-193-5

Titel der amerikanischen Originalausgabe:
The Gilded Cage

Übersetzung:
Arnd Federspiel – Language + Literary Translations, LLC

Titelbild:

Rezensionen

Es ist wahr. Rezensionen helfen mir dabei, mehr Bücher zu verkaufen. Wenn Ihnen diese Geschichte gefallen hat, dann hinterlassen Sie bitte eine Buchbesprechung auf Ihrer Lieblings-Website.

Versäumen Sie keine Neuerscheinung!

Wenn Sie über Neuerscheinungen informiert werden möchten, melden Sie sich bitte für meinen Newsletter an.

Ich werde Sie nicht mit Spam-Mails bombardieren oder Ihre E-Mail-Adresse für ruchlose Taten verwenden. Sie können sich auch jederzeit wieder abmelden.

http://www.blazeward.com/newsletter/

EBENFALLS VON BLAZE WARD

Sternenstämme

WinterStar

SeekerStar

SeptStar

SwiftStar

MorningStar

Die Handsome Rob Auftritte

Can't Shoot Straight Gang

Can't Shoot Straight Gang Returns

Hunting Handsome Rob

Handsome Rob Assassin

Die Jessica Keller Chroniken

Auberon

Queen of the Pirates

Last of the Immortals

Goddess of War

Flight of the Blackbird

The Red Admiral

St. Legier

Winterhome

Petron

CS-405

Queen Anne's Revenge

Packmule

Persephone

Weitere Alexandria Station Storys

The Story Road

Siren

Two Bottles of Wine with a War God

Der Wissenschaftsoffizier - Die Serie

Der Wissenschaftsoffizier

Mission im Minenfeld

Der Goldene Käfig

Heißer Coup auf der Shangdu

The Doomsday Vault

The Last Flagship

The Hammerfield Gambit

The Hammerfield Payoff

The Bryce Connection

Der Schatten des Dominion

Longshot Hypothesis

Hard Bargain

Outermost

Dominion-427

Phoenix

Princess Rualoh

VORWORT DES AUTORS

Manchmal ist das Leben verrückt. Es kommt einem in die Quere. Ich hatte immer vorgehabt, dieses Buch schnell auf „Mission im Minenfeld" folgen zu lassen. Und ich hatte nie geplant, dass bis dahin fast ein Jahr vergehen würde.

Wilhelmina Teague kehrt zurück, um das Abenteuer zu erleben, das ihr zuvor nicht vergönnt war. Javier und Suvi entwickeln sich zu komplexeren und interessanteren Charakteren. Das Universum, der Sandkasten, gewinnt an Größe.

Zwischen damals und heute liegen die ersten drei Jessica-Keller-Romane: *Auberon, Queen of the Pirates, Last of the Immortals*. Der letzte bedeutet keineswegs das Ende für dieses Universum. Ich habe noch weitere Pläne für Abenteuer Suvis in Jessicas Zukunft, doch Jessica lebt sechstausend Jahre nach Javier.

Wir fangen hier gerade erst an und es gibt noch so viel zu erforschen und zu erfahren.

Die Zeit reicht nicht aus, all die Geschichten zu schreiben, die ich produzieren könnte. Auf dem Heimweg heute Abend, während ich den Pass hinauffuhr, tippte mir

Javier auf die Schulter und erklärte mir ein paar Schlüsselmomente dessen, was seine vierte Geschichte werden wird, wenn ich das (oder die) aktuellen Projekt(e) beendet habe.

Ich mag es, diese Novellen anstelle von Romanen zu schreiben. Nicht, weil Javier keinen eigenen Roman verdient hat, sondern weil ich mehr von ihnen schreiben kann, wenn ich keine groß angelegte Geschichte erzähle. Oder keine ganz so groß angelegte Geschichte. Dies ist Buch drei, doch es ist keine Trilogie, es sei denn, man geht nach der aktuellen Zählung. Wie schon gesagt, ich kenne bereits den Titel und den Bösewicht für Buch vier. Es existieren bereits Ideen für acht, vielleicht sogar zwölf in dieser ersten Staffel. Und über kurz oder lang werden wir zu Staffel 2 kommen.

Ich werde also eine Menge Javier-Geschichten erzählen können, da ich sie auf diese Weise schneller erzählen kann.

Das gefällt mir.

Allerdings plane ich nicht, sie in irgendeine Form von Liebesgeschichte umzuwandeln, sehr zum Leidwesen einiger weniger von Ihnen, die sich das lautstark wünschen. Javier und Djamila sind wie Feuer und Benzin. Hier verzehrt sich keine Julia nach ihrem Romeo. Es geht um zwei extrem wütende Menschen, die in der herrschenden Situation gefangen sind und dazu gezwungen werden, ihr Bestes zu geben. Und die systematisch darüber nachdenken, wie man den Tod des anderen wie einen Unfall aussehen lassen kann.

Es sind alles komplizierte Leute: Javier, Djamila, Zakhar, Wilhelmina. Sie sind vom Schicksal zusammengewürfelt worden und müssen damit klarkommen. Keiner von ihnen kann einfach aufhören und abhauen. Doch der Hass in ihnen brennt heiß.

Und dies hier ist eine düstere Geschichte. Javier ist normalerweise ein vorlautes Arschloch, doch ich finde, dass sein (gelegentlicher) Edelmut dies wieder wettmacht. Aber ja, diese hier ist richtig düster geworden.

Ich wollte Themen wie Identität, das Böse, Rache und Ehre erforschen. Und das anhand von mit Fehlern behafteten Menschen. Ich wollte darüber nachsinnen, wie die realen Tiefen des Weltalls in der Zukunft aussehen werden, wenn sie kein glücklicher, sauberer, aufregender, sondern ein schäbiger, industrieller Ort sind, an dem Sachen extrem schiefgehen.

Das Ergebnis war *Der goldene Käfig*. Ich hoffe, dass Sie beim Lesen genauso viel Spaß haben werden wie ich beim Schreiben.

BUCH FÜNF: WILHELMINA

TEIL EINS

Die Stimme aus dem Kommunikationssystem erklang so überraschend, dass Javier beinahe seine Werkbank mit dem Schweißlaser in Brand gesetzt hätte.

„Wissenschaftsoffizier auf die Brücke“, knurrte Captain Sokolov aus Lautsprechern an diversen Wänden.

Javier nahm sich die Zeit, den Laser zu deaktivieren und gewissenhaft abzulegen. Er verspürte wirklich nicht das Bedürfnis, dem Chefingenieur erklären zu müssen, wie es ihm gelungen war, das Brandunterdrückungssystem auszulösen.

Mal wieder.

Er erhob sich und kratzte eine Stelle oberhalb seinen Nieren, während er sich streckte und die Dringlichkeit in der Stimme des Captains zu beurteilen versuchte.

Die Oberfläche der Bank war das reinste Chaos. Doch der Mann hatte sich ein wenig unwirsch angehört. Sogar noch mehr als sonst.

Javier konnte sich nicht daran erinnern, was er wohl diesmal getan haben könnte, um den Captain gegen sich aufzubringen. Schließlich war Sykora noch nicht von ihrem

Abstecher zurückgekehrt, daher hatte er eigentlich niemanden, mit dem er aneinandergeraten konnte.

Zu dumm, dass ihm nichts einfiel, wie er dafür sorgen konnte, dass sie auf Dauer verschwunden blieb. Dann würde es ihm auf diesem Schiff vielleicht sogar gefallen, ungeachtet seiner Stellung als hochangesehener Sklave.

Javier überlegte, ob er eine schicke Schärpe zur üblichen Schiffsuniform aus Hosen, Unterhemd, hochgeschlossenem Uniformrock und der gelegentlichen Jacke hinzufügen sollte.

Sie waren Piraten. Sollten Piraten nicht eigentlich ausgefallene Schärpen tragen? In all den Filmen taten sie das.

Ich frage mich, ob ich die Besatzung von der Uniform der alten Janitscharen überzeugen könnte. Sicher könnte Kianoush Buday etwas Piekfeines für mich entwerfen. Sie wäre begeistert.

Trotz allem, Sokolov hatte nicht höflich gefragt. Und er klang nicht so, als würde er das Wort *Bitte* heute allzu oft benutzen.

Javier warf eine Münze, besah sich das Ergebnis und begann, die elektronischen Schlüsselkomponenten zu sammeln und in seine Taschen gleiten zu lassen. Im Augenblick war Suvis kleines Flatterschiffchen überall verteilt, ein Teil des Gehäuses hier, der optische Sensorturm auf die Seite geräumt, die Aufstiegssteuerung entfernt und auf einem Regal abgelegt.

Die Schlüsselkomponenten: ihr Zeitprozessor, Funkchiffrierer und -transmitter und ihr Backupdatenspeicher waren das, was er gerade wollte. Er war dabei, die Rechenleistung des Flattermanns hochzurüsten und der tragbaren Steuerung mehr Pferdestärken hinzuzufügen, so dass seine tragbare KI schneller denken konnte.

Es war erstaunlich, wie viele Ersatzteile man auf einem Schiff dieser Größe an sich bringen konnte, wenn man nur ein wenig aufmerksam war.

Suvi war immer noch ein bisschen angepisst darüber, dass sie kein Raumschiff mehr war und nicht mehr über die Leistung eines Nav-Computers verfügte, mit der sie nachdenken und Filme, Bücher und all solche Sachen speichern konnte.

Doch als Sokolov und seine Piraten sie beide gefangen genommen hatten, war es Javier nur noch so eben gelungen, ihren Memory- und ihren Persönlichkeitschip vom Schiff zu schmuggeln und sie dann in das Einzige zu laden, worin er sie verstecken konnte: seinen ferngelenkten autonomen luftgestützten Kurzstreckensensor. Den, der aussah wie eine große graue, mit Sensoren bedeckte Grapefruit.

Es war zwar nicht sein alter Sondierungskutter *Mielikki*, doch Suvi konnte sich in dem ferngesteuerten Sensor verstecken, wo sie vor den Piraten sicher war. Wenn sie von ihr gewusst hätten, hätten sie ihn getötet und sie ebenfalls zur Sklavin gemacht. Einen weiteren Sklaven. Ein Flug im Flatterschiffchen war das Nächstbeste, was er ihr nun anstelle eines Sternenflugs bieten konnte. Und sie hatte ihm in dem kleinen Flieger mehr als einmal den Hintern gerettet.

„Jetzt, Aritza", grollte Sokolov erneut aus den Lautsprechern. Offensichtlich kannte er seinen Wissenschaftsoffizier ein bisschen zu gut.

„Bin auf dem Weg", rief Javier, während er Gegenstände in seine Taschen stopfte und sich zur Tür begab.

TEIL ZWEI

Zakhar Sokolov sass in seinem Kommandosessel und kochte vor sich hin.

Äußerlich erhielt er die Fassade des *Kommandierenden* aufrecht.

Unnahbar. Charismatisch. Fordernd. Beanspruchbar.

Der Captain.

Die *Storm Gauntlet* näherte sich dem Ende ihrer ersten Wache. Normalerweise wäre sein Dienst in ungefähr einer weiteren Stunde beendet und er würde sich zu dem kleinen Fitnessraum am Ende des E-Decks begeben, um eine Runde zu schwitzen und beweglich zu bleiben. Doch das würde heute nicht geschehen. Gleichzeitig hätte Javier Aritza, sein Wissenschaftsoffizier / Botaniker / nerviger Sklave / Zenturio, seinen Dienst angetreten.

Da sich Djamila Sykora und Piet Alferdinck auf einer Mission befanden, stand ihm nur eine kleine Gruppe Zenturionen zur Verfügung, die Wache halten konnten, was bedeutete, dass er es tun musste, anstatt die Aufgabe zu delegieren, wie er es normalerweise tat.

Und es würde nicht besser werden.

Sokolov blickte zu seinem Verwaltungsassistenten und Kommunikationstechniker Kibwe Bousaid hinüber. Der Mann besäße die Größe und Statur, um ein erfolgreicher Soldat oder Dragoner zu sein, wenn er nur das kleinste Bisschen Killerinstinkt in sich trüge. Stattdessen war er groß und weich und ruhig, ein Introvertierter mit einer Leidenschaft für Papierkram. Und infolge dessen war er wahrscheinlich sein Gewicht in exotischen Metallen wert.

„Bousaid", rief er über die Brücke und wartete darauf, dass der Mann aufsah. „Wenn der Wissenschaftsoffizier und die Chefingenieurin eintreffen, haben Sie das Kommando."

Bousaid nickte, fuhr seine Station herunter und stand auf.

Sokolov hatte nicht vorgehabt, die Tätigkeit seines Adjutanten zu unterbrechen, doch er erkannte die Zielstrebigkeit an, mit der Mann jede Aufgabe anging, daher erhob auch er sich. Bousaid würde todernst im Kommandosessel Platz nehmen und *das Kommando* übernehmen, obwohl er einfach an seiner Station hätte weiterarbeiten und von dort jede mögliche Frage hätte beantworten können, wenn sie auftrat.

Sokolov zuckte die Achseln und trat zur Seite. Mit einer Ausnahme waren sie alle Piraten, üblicherweise aufgrund ihrer eigenen Entscheidung, und sogar Aritza hatte sich dafür entschieden hier zu sein, als es darauf ankam. Sie konnten alle ihre Aufgaben mit einem Mindestmaß an erwachsener Aufsicht erfüllen.

Die Hauptluke öffnete sich, zur Seite der Brücke rotierend.

Zakhar sah hinüber und deutete auf Aritza, dann auf seine Chefingenieurin Andreea Dalca.

„Hauptkonferenzraum", sagte er, während er sich dorthin begab. Sie blieben beide stehen und drehten sich um, um erneut in den Gang zurückzukehren und ihm zu folgen.

Javier erlebte einen Moment der Verzweiflung, als er den alten mitgenommenen Tisch im Konferenzraum betrachtete. Das letzte Mal, dass er aus einem wichtigen Grund hier gewesen war, war er früh eingetroffen, hatte eine ganze Ecke des Tisches mit Beschlag belegt und eine winzige Teezeremonie abgehalten, während er darauf gewartet hatte, dass alle anderen sich versammelten.

Nun waren sie eine wesentlich kleinere Gruppe und es hatte keine Vorwarnung gegeben. Javier stellte seinen alten ramponierten Kaffeebecher auf die Tischplatte und ließ sich in einem Sessel nieder.

Er sah, wie Sokolov leicht erbleichte, als er die andere Seite des Bechers erblickte, die, wenn man nach der Menge heißen Kaffees ging, die sich darin befand, zur Zeit eine schöne junge Frau mit grünem Haar und keinerlei Kleidung nördlich ihres Bachnabels zeigte.

Javier lächelte.

Er war es nicht gewesen, der den Becher in einem Touristenshop in einem Bordell auf *Merankorr* aufgelesen hatte. Er hatte ihn lediglich vor etwa einer Woche in der Offiziersmesse entdeckt.

Und behalten.

Er war nicht so gut wie der übliche Team-Becher, den er Wilhelmina mitgegeben hatte, als sie und Sykora aufgebrochen waren, doch es war nun sehr offensichtlich der seine, was die Kobolde in der Offiziersmesse und der Kantine davon abhielt, ihn zu stehlen, wenn Javier nicht aufpasste.

Das taten sie nämlich. Oder vielmehr, das hatten sie getan. Offenbar hatte der Captain irgendwann seine Kommandomagie angewandt und daraufhin hatten sie damit aufgehört. Das hatte er sogar gesagt. Nicht ausdrücklich, wohlgemerkt. Doch es war alles Captains-Magie. Böser Zauber.

Sokolov verschwendete heute keine Zeit auf höfliche Fragen oder Geplänkel. Das war auch kein gutes Zeichen.

„Vor einer Stunde erreichte uns eine Nachricht, die weit außerhalb des Minenfeldes von jemandem abgesetzt wurde, der wusste, wo sich die sicheren Grenzen befinden."

Javier knurrte innerlich, als er sich an all den *Spaß* erinnerte, den sie gehabt hatten, als dieses Schiff, die kleine private Angriffskorvette *Storm Gauntlet*, das erste Mal nach *A'Nacia*, dem Verwunschenen Stern, gekommen war und sich in einem uralten Minenfeld verfangen hatte wie eine Fliege in einem Spinnennetz. Wie viel *Spaß* es gewesen war, herauszufinden, wie man das Schiff und seine Besatzung retten konnte, während er eigentlich bloß "Ich hab's euch ja gesagt' hatte sagen wollen.

Doch letztendlich hatten sie eine Prinzessin vor dem Drachen gerettet, ihr Raumschiff repariert und sie fortgeschickt, um bis ans Ende ihres Lebens glücklich zu leben. Nicht schlecht für eine Horde Piraten.

Und trotzdem war da etwas im Klang der Stimme des Captains. Etwas Bedrohliches und Baumelndes … wie jeder gute Köder.

Oh, zur Hölle damit.

„Von wem, Captain?", fragte Javier.

Er würde die Antwort nicht mögen. Besser, das Ganze so schnell wie möglich hinter sich zu bringen.

„Wilhelmina Teague."

Hä?

Offensichtlich hatte Captain Sokolov tiefgestapelt, wahrscheinlich nur um zu sehen, wie sich Javiers Gesicht vor Verwirrung verzog.

In Javiers Kopf ertönten Alarmsummer und -sirenen, während der Reaktor, der sein Gehirn war, sich selbst grillte und herunterzufahren begann. Oder etwas in dieser Richtung.

Was auch immer.

„Verzeihung", erwiderte Javier, darum bemüht, dass sein Gehirn weiter Online blieb. „Ich habe Ms. Teague verstanden."

„Es wird noch besser", grollte Sokolov sarkastisch. „Sie befindet sich in der kleinsten Weltraumyacht, die Sie je gesehen haben. Wie es scheint, hat sie sie gestohlen."

„Und wo sind Piet und Sykora?"

„Sie wurden gefangengenommen und werden gegen Lösegeld als Geiseln festgehalten."

Also gut, so viel zu einem ruhigen Tag.

TEIL DREI

Javier beäugte seine Sensoren und Anzeigen wie ein hungriger Raptor. Nicht, dass es irgendetwas gab, das er hätte tun können, wenn etwas schiefging, während sie langsam das Minenfeld durchquerten, um in den Weltraum zurückzukehren. Nein, wenn das passierte, wären sie vermutlich so schnell tot, dass sie nicht einmal wissen würden, was sie erwischt hatte.

Er hatte alle sie umgebenden Minen kartographiert. Große lila Dreiecke kennzeichneten die, die vermutlich ein Kriegsschiff auf diese Entfernung zerfetzen konnten. Davon gab es eine Menge.

Dahinter befand sich ein hübscher rosa Stern, denn so sah er Wilhelmina. Nicht, dass er es tatsächlich in Erwägung gezogen hätte, sein Glück bei der Frau zu versuchen. Sein Vater hatte ihn immer davor gewarnt, einer Frau hinterherzurennen, die schlauer war als man selbst.

Du kannst sie nicht einfangen. Und noch schlimmer: Was wäre, wen du es tätest?

Sie war eine von jenen. Brillant, entschlussfreudig, präzise. Diverse Collegeabschlüsse in einer Vielzahl von

Fächern. Und total durchgeknallt, aber das wenigstens auf gute Art und Weise.

Sie war eine Hirtin des Worts. Eine Missionarin. Wahrscheinlich die letzte von ihnen. Soweit er, vor vielen Jahren, gesehen hatte, besaß das traurige moderne Überbleibsel des Ordens nicht mehr das Feuer der frühen Missionare und Missionarinnen, wie sie eine war.

Rip van Winkle.

Wenigstens sah sie nett aus. Eine Handbreit größer als er. Nicht so groß wie Sykora, aber hochgewachsen. Vielleicht ein bisschen praller als er sie mochte, aber fünf Jahrhunderte im Cryoschlaf konnten das schon mal bewirken. Nichts, was sich nicht mit ein bisschen Anstrengung in ein paar Monaten korrigieren ließe, wenn sie das wollte.

Warme blaue Augen, denen nichts entging. Süße Sommersprossen. Immer bereit zu einem Lächeln.

Javier lächelte selbst. Es würde schön sein, sie wiederzusehen.

Nicht, dass er gelangweilt oder einsam gewesen wäre. Für viele auf diesem Schiff war er immer noch der Neue, und keiner von ihnen hatte falsche Vorstellungen von Ehe oder weißen Lattenzäunen. Doch es befand sich niemand auf diesem Schiff, mit dem man über Kierkegaard oder Schumpeter diskutieren konnte. Und besonders nicht, wenn man total betrunken war.

Nun ja, vielleicht Sokolov, aber wer wollte sich schon zusammen mit seinem Vater besaufen?

Nein, es würde schön sein, sie wiederzusehen.

Unterstützt von einem Pingen unterbrach ein einzelnes, leuchtendes grünes Licht auf seiner Konsole seine Gedanken, bevor sie richtig in Gang kommen konnten.

„Aritza?“, fragte der Captain vorsichtig.

„Erinnern Sie sich an die Entfernung, die Sie für sicher

erachteten? So sicher, dass wir keine Minen auslösen würden?", erwiderte Javier.

Sokolov nickte. „War es das?"

„Oh nein, Sir." Javier lächelte unschuldig. „Ich bin achtzehn Prozent paranoider als Sie. Aber wir befinden uns im sicheren Bereich."

Schon allein Sokolovs finsterer Blick war es fast wert gewesen, heute Morgen aufgestanden zu sein. Dieser Mann war einer der Wenigen, die Javier jemals getroffen hatte, die den wirklich draufhatten.

„Maschinen dreiviertel Schub", knurrte Sokolov. „Kibwe, halten Sie Teague bezüglich unserer etwaigen Ankunftszeit auf dem Laufenden."

„Aye, Sir."

Javier lächelte. Es würde schön sein, sie wiederzusehen.

Auch wenn sie schlechte Nachrichten brachte.

Es gab Tage, an denen Zakhar bereute, dass er Javier nicht irgendwo an eine Landwirtschaftskolonie verkauft hatte. Sicher, ohne ihn wären sie nun tot, doch dieser Mann schien ganz genau zu wissen, wie man Leute auf die Palme brachte. Er war wie ein Splitter, der unter der Haut festsaß. Nicht schmerzhaft, aber man konnte ihn nicht ignorieren.

Und dennoch ... heute war der Tag, an dem er nett zu ihm sein musste. Er brauchte diesen Blödmann jetzt noch dringender als sonst, und er würde ihn um die Art Gefallen bitten müssen, der ihre Beziehung zueinander für immer verändern würde. Selbst Javier würde das schon bald herausfinden.

Immerhin war der Mann ein exzellenter Pokerspieler. Beinahe so gut wie sein Captain.

Zakhar fragte sich, wo sie wohl gelandet wären, wenn sie

hätten Freunde sein können anstelle von … was auch immer sie waren. Sklaverei war auf den meisten Welten eigentlich illegal. Und Javier war im engeren Sinne kein Sklave. Fast, aber nicht völlig.

„Im eigentlichen Sinne korrekt“ war immer das Beste.

Schuldleibeigenschaft war absolut legal. Nur eine Handvoll Jahre und Javiers Schulden wären abbezahlt. Wenn es ihnen gelang, *A'Nacias* orbitalen Friedhof richtig auszubeuten, würde er diese Zeit vielleicht auf weniger als ein Jahr verringern.

Zakhar überlegte, dass ihn das persönlich etwas kosten würde. Die zwei Männer waren beide Akademieabsolventen von Bryce. Offiziere. Gentlemen. An jedem anderen Ort wären sie Freunde gewesen. Waffenbrüder.

Doch wenn er dachte, niemand würde es sehen, bekam Javier gelegentlich immer noch diesen Ausdruck in den Augen. Den, der sagte, dass er sich vorstellte, wie ein Großteil der Crew auf einem öffentlichen Platz an den Rahen aufgeknüpft wurde.

Vielleicht nicht alle von ihnen. Nur Zakhar und Sykora und ein paar andere.

Doch heute war keiner dieser Tage. Auf Javier Gesicht lag ein Lächeln, das beinahe trottelig aussah. Vermutlich hatte ihn die Vorstellung, dass Djamila Sykora gefangen gehalten und mit Exekution bedroht wurde, erheitert.

Zakhar seufzte innerlich, dort, wo ihn niemand hören konnte, und erwog noch einmal den Köder, den er vor dem Mann baumeln lassen würde.

Sogar Javier würde zuhören.

Sie hatte sich nicht verändert.

Nun, eigentlich schon, doch das hatte offenbar damit zu

tun, dass sie ein Menge Zeit damit verbracht hatte, morgens an Trainingsgeräten zu arbeiten und Liegestütze und Sit-ups zu machen. Javier vermutete, dass die Zeit, die sie mit Sykora verbracht hatte, wohl doch kein Totalausfall gewesen war. *DIESE* Frau war wie gemacht dafür, noch vor dem Frühstück drei Stunden in voller Ausrüstung zu laufen, nur damit sie morgens richtig wach wurde.

Javier war praktisch allergisch gegen diesen Grad von Engagement. Normalerweise genügte es ihm, sein Glück im Einsatz zu strapazieren. Sich ein paarmal die Woche an die Maschinen und aufs Laufband zu begeben, reichte ihm, um sich wohl zu fühlen.

Wilhelmina sah gut aus. Nein, verdammt fantastisch.

Dieses Treffen hätte auf der *Storm Gauntlet* stattfinden können. Sie besaß einen Konferenzraum mit der richtigen Größe und Ausstattung für so etwas. Doch stattdessen hatten er und Sokolov gewartet, bis sich die beiden Schiffe nahe genug gekommen waren, um andocken zu können, und waren dann zum Treffen auf das kleinere Schiff übergewechselt.

Nur sie drei.

Normalerweise wäre Javier unter solchen Umständen zickig gewesen, aber Wilhelmina hatte ein paar Tage an Bord dieses Schiffes gelebt und sie besaß ein nettes Parfüm, das in jede Form von Gewebe eingezogen war, vom Pilotensessel auf der einen Seite des Raumes bis in das gemütliche Sofa, auf dem er sich niedergelassen hatte.

Javier sah sich mit kritischem Blick um. Er hatte in funktionalen Apartments gelebt, die größer waren als das Innere dieses Schiffs. Von oben betrachtet war es rechteckig, ab der Höhe des Nabels eckig geschnitten, um dann in eine annähernd spitze Nase und ein ebensolches Heck abzufallen wie ein langer, stumpfer Diamant, der auf der Seite lag. Zwei Maschinenkapseln ragten hinten heraus und der

Sprungantrieb war dazwischen geklemmt, direkt hinter und über dem Haupttriebwerk.

Im Inneren ein einziger Raum. Pilotenstation im Bug mit einem einzelnen Sessel. Sofa an einer Seitenwand, Kochnische an der anderen. Klapptisch und -bank, um zu essen. Stauraum Steuerbord achtern, Toilette Backbord achtern, nicht weit von der Luftschleuse entfernt. Alles in einem gedämpften Seetanggrün gehalten.

Darum riecht es so gut. Sie schläft auf dem Sofa.

Javier lächelte im Stillen, streckte sich und überkreuzte die Beine an den Knöcheln.

Wilhelmina hatte sie beide mit einer Umarmung und einem flüchtigen Kuss auf die Wangen begrüßt, bevor sie sich in den Pilotensessel zurückgezogen hatte. Sokolov blieb nichts anderes übrig, als die Bank der Kochnische herunterzuziehen und sich darauf zu hocken, anstatt gemütlich neben Javier zu sitzen.

Die drei bildeten die Ecken eines unglücklichen Dreiecks.

„Also, an welcher Stelle haben wir es versaut?“, fragte Javier, um das Gespräch zu eröffnen.

Er war ein Experte im Vermasseln, doch er ging die Sache professionell an. Die kleine Miss Amazonen-Kriegspuppe war viel zu korrekt, um die Art Risiken einzugehen, die er für selbstverständlich hielt.

Wilhelmina dachte offenbar das Gleiche. Sie hatte die Lippen zusammengepresst, um ein Lächeln zu unterdrücken.

„Vielleicht ein Fehlen von Paranoia“, antwortete sie.

Javier blinzelte. Er blinzelte erneut.

War das bei Sykora überhaupt möglich?

Er dachte ein wenig weiter darüber nach. Überdachte alles, was er über die Dragonerin wusste. War sich bewusst, dass die anderen beiden ihn anstarrten.

Nein.

„Sind Sie überhaupt bis *Meehu* gekommen?“, fragte er schließlich.

Wilhelminas Schultern sackten nach unten. Javier bemerkte erst jetzt, da die Spannung von ihr abfiel, wie angespannt sie gewesen war.

Was machte sie so nervös? Er? Wirklich? Eigenartig.

„Das sind wir“, begann sie nach einer kurzen Pause, die sie offensichtlich eingelegt hatte, um ihre geistigen Notizen zu ordnen. „Sykora hatte einige örtliche Hehler kontaktiert, um einen Käufer für mein Schiff zu finden. Wir vier – Djamila, Piet und Afia – hatten gerade das Abendessen beendet und waren auf dem Rückweg zu unserem Hotel, als wir überfallen wurden. Djamila wurde betäubt, während der Rest von uns gefangengenommen wurde.“

Javier sah, wie sie stoppte und Luft holte. Ihre Augen zuckten hierhin und dorthin, während sie irgendeiner üblen Erinnerung nachhing.

„Wie sind Sie entkommen?“, fragte Javier ruhig.

„Das bin ich nicht“, erwiderte sie grimmig. „Ich habe mich freiwillig gemeldet, um die Lösegeldforderung an Captain Sokolov zu übermitteln.“

Javier sah sich erneut in der Kabine um. Sie roch gut, doch dies war nicht das alte Forschungsschiff, in dem sie nach *Meehu* aufgebrochen waren.

„Was geschah mit Ihrem Schiff?“, fragte er einfach.

„Es ist immer noch dort“, sagte sie. „Wir hatten die Liegegebühren für einen vollen Monat bezahlt, da wir annahmen, dass wir einige Zeit brauchen würden, um den richtigen Käufer zu finden. Doch es war zu langsam, um hierher zurückzukehren, darum habe ich den schnellsten Flitzer kurzgeschlossen, den ich stehlen konnte, und bin so schnell abgehauen, wie ich konnte. Er denkt immer noch, dass ich weitere drei bis vier Tage brauchen werde, um hierher zu kommen und sie zu kontaktieren, also haben wir zumindest so viel Vorsprung."

„Er?", fragte der Captain unvermittelt.

Sokolov war, auf seiner Bank hockend, so still gewesen, dass Javier ihn beinahe vergessen hatte. Und er sah nicht überrascht aus. Vielleicht hatte sie dem Captain bereits einen Teil ihrer Geschichte erzählt und berichtete den Rest hier nur für ihn.

„Captain Abraam Tamaz", sagte Wilhelmina einfach.

Doch der Blick, dieser Blick, sagte alles.

Einmal, am Morgen nach einem besonders miesen Reisabendessen kombiniert mit einer durchzechten Nacht, hatte Javier mitten in einem Zenturionenmeeting ausgesprochen laut gefurzt und den Konferenzraum eingestunken. Damals hatte Sokolov den gleichen Blick aufgesetzt. Verdrossener Ekel, gemischt mit einem Klecks Ärger, doch er hatte seine Kommentare für sich behalten und nicht vor der gesamten Besatzung ausgebreitet.

Zu sehr damit beschäftigt, *Der Captain* zu sein.

„Sie kennen den Kerl", sagte Javier zum Captain.

Es war keine Frage.

„Der frühere Vorsitzende der *Storm Gauntlet*", entgegnete Sokolov. „Ein paar Jahre vor Ihrer Zeit."

„Sie kamen nicht miteinander klar?"

„Tamaz wollte, dass wir mehr wie Piraten und weniger wie ein geschäftliches Unternehmen sein sollten."

„Mehr?"

Javier fiel es schwer, das Wort auf höfliche Weise herauszubringen. Kein Wunder, wenn man seine Stellung in diesem *Unternehmen* bedachte.

„Mehr." Sokolov lächelte ihn so eisig an, als wäre er der Winter selbst. „Er wollte, dass wir einen Notruf absetzen und dann jeden massakrieren, der auftauchte, um uns zu retten. Wollte kleine Kolonien überfallen, jeden abschlachten, und alles stehlen, um es an andere Kolonien zu verkaufen. *Mehr.*“

Für den Bruchteil eines Augenblicks gelang es Javier, durch den Schleier zu blicken, der den Captain umgab, und zu erkennen, welchen Hochseilakt er jeden Tag vollführen musste, um ein teures früheres Kriegsschiff mit Rohstoffen und frischen Socken zu versorgen, während er gleichzeitig nicht immer ganz legale Fracht transportierte. Die Art Piraterie, die Sokolov praktizierte, war manchmal das geringere Übel.

Javier erlebte einen Moment wahrer Empathie für diesen Mann. Dann faltete er sie in ein Papiertaschentuch und verstaute es sorgfältig in einer Schachtel in seinem Geist. Diese Schachtel lagerte er auf einer hohen Ablage in einer Abstellkammer. Und verschloss die Tür hinter sich, als er sie verließ.

Sokolov und der Rest seiner Besatzung würde immer noch irgendwann von einer Rahe der *Concord*-Flotte hängen. Hoffentlich bei geringer Schwerkraft. Dafür würde Javier sorgen, wenn er frei war.

Und dann ging eine Glühbirne über seinem Kopf an, genau wie in den Cartoons.

Sykora war eine Gefangene, wurde gegen Lösegeld festgehalten. Er und der Captain hatten eine private Unterhaltung mit Wilhelmina. *Genauer gesagt* hielten sie drei dieses Treffen an Bord ihres Schiffes ab und nicht an Bord der *Storm Gauntlet.*

Zeugen. Lose Zungen.

Risiko.

Poker war eine Sache. Das war ein Spiel des Willens und der Wahrnehmung und des Glücks. Javier nahm eine nette Menge Kleingeld ein, indem er gegen die Crew Poker spielte, besonders auf dem Maschinendeck. Diese Leute waren Amateure.

Captain Sokolov jedoch spielte jetzt Schach. Vermutlich die Mehrfachlevelversion, die Javier mal in einer Bar gesehen hatte, mit Figuren, die Fantasiearmeen am Boden repräsentierten, während andere Armeen in Himmel und Unterwelt kämpften. Das war ziemlich viel Arbeit, aber manche Leute mochten sowas.

Alles machte plötzlich Klick.

Sie wollten seine Hilfe. Brauchten sie. Hingen völlig davon ab, um das verrückte Manöver durchzuziehen, das sie geplant hatten. Um Sykora zu retten.

Ha!

Javier sah in beide Richtungen, so als wolle er eine Straße überqueren, dann zu Wilhelmina und danach zu Sokolov.

Zeit verging.

Auf dem Gesicht des Captains lag ein harter Ausdruck. Javier nahm an, dass seiner genauso war. Wilhelmina saß absolut regungslos und still da, während sie zusah.

„Ich gehe mit", sagte Javier über das leise Wispern des Belüftungssystems.

Ganz einfach so.

So wie Zakhar es sah, lag einer der Vorteile, *Der Captain* zu sein, in der Regel darin, sich das Schlachtfeld aussuchen zu können. Einer der Nachteile war, dass er manchmal vergaß, dass sich hinter der vordergründig lockeren, schnellsprechenden Zunge des Wissenschaftsoffiziers ein erstklassiger Geist verbarg.

Etwas war mit seiner Besatzung geschehen, als sie Wilhelmina Teague damals gefunden hatten, gefangen im Cryo-Schlaf an Bord ihres altertümlichen Schiffes innerhalb eines noch altertümlicheren Minenfeldes. Noch bevor sie sie gerettet und aufgetaut hatten.

Er konnte nicht erklären, was oder warum es geschehen war, aber so war es.

Sykora war emotional geworden und flexibel im Hinblick auf die Regeln, die immer in Stein gemeißelt gewesen waren. Beinahe menschlich, zumindest für ein paar Tage. Das hatte er in all den Jahren, die er sie kannte, nicht erlebt, doch sie hatte es schnell überwunden, ähnlich einer üblen Grippe.

Und Javier hatte freiwillig auf genug Geld verzichtet, dass es ihm vielleicht ermöglicht hätte, sich aus der Sklaverei zu befreien. Er hatte fast wie ein Erwachsener gehandelt, sogar für eine noch längere Zeit.

Die beiden hatten sogar so lange aufgehört miteinander zu streiten, dass sie eine gemeinsame Sache verfolgen konnten.

Wegen Wilhelmina.

Zakhar hatte in Erwägung gezogen, Teague anzuheuern. Ihre Anwesenheit hatte sein Schiff in einen besseren Ort verwandelt. Doch sie hatte auch alles in beängstigender Weise durcheinandergebracht. Er war kein Mann, der plötzliche, chaotische Veränderung liebte.

Er nahm Blickkontakt mit seinem Wissenschaftsoffizier auf.

„Ich habe bisher nicht danach gefragt“, knurrte er.

Es half nicht, dass sie beide dazu tendierten, in Zeiten wie diesen ähnlich zu denken, ein Ergebnis ihrer Jahre auf der Akademie auf Bryce, gefolgt von Karrieren im aktiven Dienst der *Concord*-Navy.

Waffenbrüder.

„Das werden Sie“, erwiderte Javier, diesmal mit ernster Stimme.

„Was werde ich fragen, Aritza?“

„Wir werden losziehen, um Sykora zu retten. Sie wollen meine Hilfe. Sie wollen, dass ich etwas tue, wozu kein anderer in dieser Besatzung in der Lage ist.“

„Und Sie machen mit, ganz einfach so?“, fragte Zakhar.

„Den Grund würden Sie nicht verstehen“, erwiderte Javier kalt, als befände er sich auf einem hohen, weit entfernten Berggipfel.

Zakhar stimmte dieser Einschätzung zu.

Sorgsam wich er einer unnötigen emotionalen Konfrontation aus. Aritza und Sykora hatten ihrem Hass aufeinander wegen Wilhelmina einen neuen und gefährlichen Anstrich gegeben. Zuvor war es fast zu etwas geworden, das der Rivalität unter Geschwistern im Teenageralter glich. Mit ihm selbst als dem Vater in einer Sitcom.

Jetzt waren sie selbst Waffenbrüder.

Beunruhigend.

„Wir könnten Worte wie Ehre oder Pflicht benutzen“, fuhr Javier fort, während seine Stimme beinahe zu einem Flüstern absank. „Sie haben mein Dasein in der Hand, also sind Sie sowohl im Besitz einer Karotte, als auch eines Stocks, sollten Sie sich dazu entscheiden, sie zu benutzen.“

„Und Sie werden sich freiwillig melden, sie zu befreien, ganz einfach so, und dann wieder auf die *Storm Gauntlet* zurückkehren, als sei nichts geschehen? Als wenn Sie nicht über Ihre Freiheit und eine offene Tür nachdächten, die sich Ihnen bietet? Oder darüber, sich diesen Flitzer zu schnappen und abzuhauen?“

„Das ist richtig“, sagte Javier tonlos und blickte auf eigenartige und schwer fassbare Art zu Wilhelmina hinüber.

Was zur Hölle war zwischen Aritza und Sykora vorgegangen?

Zakhar hatte das Gefühl, dass er wohl sterben würde, ohne diese Frage beantwortet zu bekommen. Vielleicht würde Gott bereit sein, ihn aufzuklären, falls er jemals zu ihm gelangte.

Zakhar sah auch die Frau an.

Sie war bemüht, sich nicht zu regen, als wolle sei die emotionale Balance im Raum nicht stören. Auch sie hatte sich verändert, doch er hatte von dem Moment an, an dem sie aufgetaut wurde, bis sie das Schiff verließ, nicht so viel Zeit mit ihr verbracht, dass er ihr Verhalten nun hätte eindeutig einordnen können.

Älter, als er zunächst angenommen hatte. Von einer Stille, die er der Tatsache zuschrieb, dass sie eine Art Missionarin war, eine Hirtin des Worts. Was immer das auch nun, fünf Jahrhunderte später, noch bedeuten mochte.

Brillant und umfassend gebildet. Charismatisch und unterhaltsam und exotisch in einem.

Im Gleichgewicht.

„Wilhelmina?", fragte Zakhar einfach. „Sind Sie sich sicher?"

Sie nickte sofort. „Das bin ich, Captain Sokolov."

.„Aritza", fuhr er fort, sich dem anderen Dorn in seinem Fleisch zuwendend. „Wilhelmina hat mich gebeten, Sie mit ihr nach *Meehu* zurückzuschicken, um bei der Rettung von Djamila zu helfen. Wie Sie bereits sagten, ist Ihre Rückkehr hierher eine Frage der Ehre. Etwas zwischen Gentlemen von *Bryce*. Werden Sie dem Rechnung tragen?"

Javier erhob sich vom Sofa, plötzlich jeder Zentimeter ein *Concord*-Offizier, vielleicht mehr als er es jemals gewesen war, als er noch eine Uniform getragen hatte.

„Das werde ich, Captain."

Wunder über Wunder.

Zakhar stand ebenfalls auf. Zwei kurze Schritte trugen ihn bis direkt zu dem anderen Mann. Er streckte seine Hand aus.

Javier schüttelte sie.

„Viel Glück, Javier", sagte Zakhar ruhig.

„Danke, Sir."

Javier überdachte alles, lächelte.

„Die Kavallerie ist nur drei Tage hinter Ihnen“, sagte Zakhar fest. „Tamaz ist niemand, den ich vermissen würde. Auch die Galaxis würde das nicht tun.“

Zakhar wandte sich um und stellte fest, dass Wilhelmina nah bei ihm stand.

Er wollte etwas sagen, doch sie umfing ihn in einer Umarmung. Zakhar hatte vergessen, wie viel größer sie war, bis sie sich zu ihm hinabbeugte und ihn auf die Wange küsste.

„Danke, Captain“, flüsterte sie an seinem Ohr.

Zakhar lächelte sie an und ging zur Tür der Luftschleuse. Er drehte sich um und beobachtete, wie die Gefühle im Raum herumwirbelten.

Ein Pirat zu sein, war um so vieles leichter.

TEIL VIER

Wilhelmina überdachte die Szene, nachdem Captain Sokolov gegangen war und sie und Javier alleingelassen hatte.

Javier war viel zu nervös in ihrer Nähe. War es vom ersten Moment an gewesen, an den sie sich nach dem Aufwachen aus ihrem Nickerchen erinnern konnte, das vierhundertachtundachtzig Jahre gedauert hatte.

Sie überlegte, ob sie sich ihm nähern und physischen Kontakt herstellen sollte. Sie wusste, dass er sie attraktiv fand. Die meisten Männer und viele Frauen taten das, hochgewachsen, temperamentvoll und rothaarig, wie sie war.

Doch den Mann umgab eine Art kalter Reserviertheit, wie ein Nebel, der ihn schützte.

Ihre Augen trafen sich über die zwei Meter Entfernung, die sie voneinander trennten. Was auch immer diese Distanz genau war, diese Kälte reichte bis auf den Grund seiner Seele.

Letztendlich zog sie sich zurück und überließ ihm das Schlachtfeld. Das hier war zu wichtig. Der Kapitänssessel lockte, warm und Schutz bietend. Sie ging zu ihm, setzte sich jedoch nicht.

Bis sie sich wieder umdrehte, hatte Javier einen Platz

neben der Bank eingenommen, auf der Sokolov gesessen hatte.

Die Stille breitete sich aus, unangenehm und angespannt auf eine Weise, die sie nicht erwartet hatte.

Wilhelmina hatte beinahe sechs Wochen an Bord der *Storm Gauntlet* verbracht, sich erholt und vorbereitet. Sie fühlte sich immer noch wie ein Schmetterling, der seinem Kokon entsteigt, doch die Crew hatte sie gut behandelt, besser als sie erwartet hatte, besonders nachdem ihr klargeworden war, dass sie Piraten waren, zumindest in ihrer Freizeit. Sechs Wochen waren eine lange Zeit gewesen, um sich zu erholen und vorzubereiten.

Wie oft legte man sich schließlich zum Schlafen hin, nur um fünfhundert Jahre später gesund und munter wieder aufzuwachen? Doch die Besatzung hatte sie akzeptiert, beinahe adoptiert.

Javier war albern und witzig gewesen, hatte sie aber auch beschützt. Er schien Frauen zu mögen, hielt sie jedoch bedacht auf professioneller Distanz. Nicht, dass sie nicht überlegt hatte, sich um ihn zu bemühen. Er war ein gutaussehender Kerl, dunkel und gut gebaut.

Doch nun war eine Kluft zwischen ihnen entstanden. Und sie hatte nichts gesagt oder getan, außer zurückzukommen.

Sie *war* ohne Djamila zurückgekehrt. Und die Kriege zwischen diesen beiden waren beinahe legendär, wenn man der Besatzung glaubte. Besonders Javiers Assistent Ilan Yu.

Wilhelmina dachte über die emotionale Kluft zwischen ihnen nach.

„Habe ich etwas falsch gemacht?“, fragte sie schließlich, die linguistischen Möglichkeiten zur Interpretation offenlassend. Unter den Männern, denen sie begegnet war, gehörte er zu den wenigen, die dies zu nutzen zur Kunstform erhoben hatten.

„Nein", erwiderte Javier, seine Stimme tonlos und hart, doch nicht ärgerlich auf sie. „Sie haben getan, was angemessen war. Was nun folgt, wird *nötig* sein."

Die Betonung des vorletzten Wortes ließ ihr einen Schauer über den Rücken laufen. Dies war nicht der Javier, den sie gekannt hatte. Er sah immer noch so aus wie früher, aber seine Seele war eine andere. Etwas, das tiefer reichte, unsichtbar war. Beinahe bösartig.

Wilhelmina dachte an die Märchen, die ihre Großmutter ihr vor langer Zeit, in den dunkelsten Winkeln der Geschichte, erzählt hatte. Javier erschien ihr nun wie ein Doppelgänger. Sein Körper war der Richtige, doch vor ihr saß ein Fremder. Wenn er sie an jemand anderen erinnerte, dann am ehesten an Sokolov.

Vielleicht war es das, was es bedeutete, Offiziere der *Concord*-Navy zu sein. Harte Männer, die einem harten Universum die Stirn boten.

Hatte sie Javier in den Mann zurückverwandelt, der er einst gewesen war? Bevor er glücklich gewesen war?

„Ich brauche Ihre Hilfe", sagte sie schließlich. „Tamaz ist ein schlechter Mensch, der von anderen schlechten Menschen umgeben ist. Unter meinem Banner wollte ich gute Männer versammeln."

Es hörte sich fast wie ein Rekrutierungsgespräch an, doch vor fünf Monaten war sie noch eine Hirtin des Worts gewesen, die gute Männer und Frauen für die Sache der Zivilisation sammelte. Das jeder, der sie in dieser letzten Nacht hatte sprechen hören, seit hunderten von Jahren tot war, änderte nichts. In der Dunkelheit gab es immer noch Monster und die Zivilisation benötigte Paladine, die sie beschützten.

Sogar Paladine, die höchst ungewöhnlich waren.

Sie lächelte Javier an. Er hatte sich ein wenig in die Brust geworfen, so als könnte er ihre Gedanken lesen.

„‚Das Wort‘ ist in Vergessenheit geraten“, erwiderte er sanft, fast entschuldigend.

„Nein.“

Sie schüttelte barsch verneinend den Kopf barsch verneinend, sah ihm dabei direkt in die Augen.

„Die Sprecher sind vergessen worden, Javier“, erwiderte sie und näherte sich ihm langsam. „‚Das Wort‘ wird niemals verloren gehen.“

„Warum ich?“

Sie ließ es zu, dass sich die Verspannung in ihrem Rücken ein wenig lockerte. Sie hatten gerade den schweren Teil hinter sich gebracht. Javier war bereit zu helfen, sich auf diese Suche und Aufgabe einzulassen. Wilhelmina fühlte sich wie Königin Isabella oder wie Eleonore von Aquitanien oder Elizabeth die Erste.

Sie konnte es schaffen.

„Zwei Gründe. Erstens, weil Tamaz Sie nicht kennt und ich verkleidet sein werde. Wir können näher an ihn herankommen, als das sonst jemandem von der Besatzung gelingen würde. Zweitens, weil ich jemanden wollte, dem ich mein Leben anvertrauen würde.“

Sie beobachtete, wie sich eine seiner Augenbrauen vielsagend wölbte.

„Es hat über eine Woche gedauert, *Meehu* in diesem alten Schiff zu erreichen, Javier“, sagte sie. „Djamila und ich hatte eine *Menge* Zeit, uns zu unterhalten. Ihr Name kam dabei recht häufig auf.“

Sein Gesichtsausdruck wurde noch distanzierter und kälter. Ihm war klar, über was die Frauen geredet hatten.

Sie seufzte innerlich.

„Ich wollte mich bei Ihnen bedanken, Javier“, fuhr sie fort. „Dafür, dass Sie mich leben ließen. Dafür, dass Sie mir die Chance gegeben haben, mit meiner verrückten Mission weiterzumachen. Dafür, dass Sie mich mit Ihrem Anteil am

Schatz losgeschickt haben, obwohl Sie sich damit Ihre Freiheit von *ihnen* hätten erkaufen können."

Ihnen war ziemlich eindeutig.

Er sagte nichts.

Wilhelmina fluchte im Stillen, unsicher, wie sie zu ihm durchdringen, ihn erreichen konnte.

Momente der Leere und Stille vergingen.

„Sind Sie bereit? Die Zeit verfliegt, Javier", sagte sie voller Hoffnung in den weiten, emotionsgeladenen Raum hinein.

Sie standen nah genug beieinander, um zu tanzen, wenn er sich nur entspannen würde.

Endlich loderte irgendein verrücktes Feuer in den Tiefen seiner Augen auf.

„Wenn wir loswollen, um Sykora zu retten, dann habe ich nicht mal eine Reisetasche dabei, Madam", sagte er schließlich und lächelte zu ihr hinauf.

„Wissen Sie, ich habe genug Kleidung für uns beide gestohlen", versuchte sie, zurückzugrinsen. „Sie werden nicht schlampig nach Hause zurückkommen müssen."

„Das passt", sagte er, während er sich umwandte und von ihr wegtrat. „Ich muss noch ein paar Dinge vom Schiff holen. Fünfzehn Minuten und wir werden uns bereits im Freiflug befinden."

Es tat gut, mit dem Mann zu flirten, auch wenn sich eine Art eisiger Schutzwall zwischen ihnen befand. Wilhelmina würde einfach nur herausfinden müssen, wie sie ihn zum Schmelzen bringen konnte.

Djamila hatte nicht einmal angedeutet, dass zwischen ihr und Javier etwas anderes brannte als ein hartes Feuer, und Wilhelmina wusste, dass es keine anderen Crewmitglieder gab, mit denen er mehr als ein gelegentliches Verhältnis hatte. Das hatte sie überprüft.

Könnte eine Beziehung, die auf Hass beruhte, genauso erfüllend sein wie eine, die auf Liebe beruhte?

Javier blieb kurz an der Luke zur Luftschleuse stehen und betrachtete eingehend ihr Gesicht.

Er nickte wie zu sich selbst, wandte sich um und verschwand durch die Öffnung.

Wilhelmina entspannte ihre Beine und ließ sich in den Kapitänssessel fallen, während die Luft aus ihren Lungen explodierte.

Es war ihr schon früher einmal geschehen, dass Männer aus einer ganzen Anzahl von Gründen ihre Avancen ablehnten, doch noch nie, weil diese sich sonst einer Rache in den Weg stellen könnten.

Sie würde daran arbeiten müssen.

TEIL FÜNF

Es war in der dunkelsten Stunde der Nachtschicht.

Javier konnte nicht schlafen. Oder vielmehr, seine Träume ließen ihn nicht schlafen. Und es gab keinen Alkohol an Bord des kleinen Schiffes, der ihm dabei helfen konnte, sich genug zu entspannen, um in der Dunkelheit zu versinken und dort zu bleiben.

Die Lichter waren gedimmt.

Javier hatte keinen Grund, wach zu sein. Das Schiff befand sich mitten in einem Sprung, der sie schließlich ans entfernteste Ende des *Meehu*-Systems bringen würde, einen oder zwei Sprünge von ihrem Ziel entfernt. Wenn er den Wecker verschlief, würde das Schiff einfach dort verweilen und darauf warten, dass ihm jemand sagte, was es als nächstes tun sollte.

Es war nicht intelligent, nicht wie Suvi, doch das Gefährt war automatisiert genug, dass jemand ohne Erfahrung herausfinden konnte, wie man es zum Fliegen brachte. Wenn dieser Jemand so schlau war wie Wilhelmina.

Javier saß im Pilotensessel, schwang herum und nach hinten, so dass er seine Füße auf dem Rand des aufblasbaren

Bettes ablegen konnte, das im Sofa verborgen gewesen war. Wo er Wilhelmina beim Schlafen betrachten konnte.

Wo er vor sich hinbrüten konnte.

Mit aufgeblasenem Bett war kein Platz mehr in dem beengten Raum gewesen, so dass sie es sich letztendlich geteilt hatten. Es fühlte sich an wie damals als Kind mit seiner Schwester zu schlafen. Sogar im Tiefschlaf hielt ihn sein Urinstinkt davon ab, herumzurollen und sich gegen ihren Po zu schmiegen. Dass sie nackt schlief, war der ganzen Sache nicht förderlich. Er trug orange Jogginghosen und ein lila T-Shirt, auf dessen Vorderseite *Surat Thani Angels* gedruckt war. Anscheinend waren sie ein professionelles Minor League Skyball Team aus einem entfernten Sektor.

Javier beobachtete, wie ihre Brust sich hob und senkte, während sie atmete. Nicht einmal ihre Nacktheit lenkte ihn ab, was eine Menge über seinen Geisteszustand aussagte.

Nichts Gutes.

Mehr als einmal dachte er an ihren nächsten Sprung. Es wäre ein Leichtes, *Meehu* zu umgehen, den Sektor schnell zu durchqueren und sich in knapp über einer Woche in den zivilisierten Teil der Galaxis zurückzubegeben. Er hatte zwar weder seine Hühner noch seine Bäume, aber er hatte Suvi. Sie könnten wieder ganz von vorne anfangen.

Doch um das zu tun, würde er das werden müssen, was er am meisten verabscheute: ein Pirat.

Javier hatte diesem Mann, Sokolov, sein Wort gegeben. Alles, was Javier nun außer Suvi besaß, war seine Ehre, die hart erkämpfte Währung des Reichs. Er würde sie nicht einfach wegwerfen, nicht einmal im Geiste. Nicht für diese Leute.

Wilhelmina zumindest hatte sich zurückgezogen, da sie seine Probleme mit ihrer Weiblichkeit spürte. Nicht, dass er komplizierter wäre als eine Matschpfütze, wenn man seiner zweiten Ex-Frau Glauben schenkte. Doch er war gerade nicht er selbst.

Sie hatten zwei volle Tage in der Gegenwart des anderen überstanden, dicht auf dicht miteinander gelebt. Nicht schlecht, soweit es Flitterwochen anging.

Jetzt kam der harte Teil. Die *Meehu Plattform*.

Irgendetwas weckte sie.

Wilhelmina rollte auf die Seite, um ihn anzusehen. Der Wechsel ihrer Haarfarbe von Rot zu einem Kastanienbraun war verstörend. Er ließ sie wie jemand anderen aussehen, was das Ziel war, doch es machte sie auch zu Fremden, die ein Bett und sonst nichts teilten. Was vielleicht nicht das Schlechteste war.

„Es tut mir leid", flüsterte sie.

Warum, blieb ungesagt. Die Aussage konnte eine Vielzahl von Sünden, tatsächliche und eingebildete, einschließen. Wer konnte schon wissen, was Sykora ihr erzählt hatte? Oder eher, wie viel?

Er nickte. Es war nicht ihre Schuld, dass er so war. Sie war nur die Mahnung. Wie weit sie vom Weg eingebildeten Ruhms abgekommen waren. Was aus ihm geworden war. Was ihn noch immer erwartete, wenn er auf die *Storm Gauntlet* zurückkehrte.

Die Kälte wich zu einem Teil aus ihm. Er spürte, wie sich seine Schultern senkten.

Wilhelmina klopfte auf den leeren Platz neben ihr. Sie streckte sich auf verwirrend-interessante Art. Er bemerkte es. Sie bemerkte es.

„Komm ins Bett", sagte sie in einem Tonfall, der nicht mehr viel Zweideutigkeit erkennen ließ.

„Ich glaube immer noch nicht, dass das eine gute Idee ist", entgegnete er.

„Hier geht es nicht um Dich, Mister", sagte sie mit stahlhartem Unterton in der Stimme. „Ich bin schon seit sechs Monaten oder fünf Jahrhunderten nicht mehr flachgelegt worden, ganz wie du das sehen willst. Ich habe Bedürfnisse und du wirst mir helfen. Ich bin im Augenblick an nicht mehr interessiert als an einer guten Nummer."

Javier nickte. Er lächelte sogar ein bisschen, als er aufstand und sich das T-Shirt auszog.

Das hier war eine Frau, die ihn zu packen wusste.

BUCH SECHS: NAVARRA

TEIL EINS

ABRAAM TAMAZ LÄCHELTE, als er den Anblick genoss, der wie ein Büfett vor ihm ausgebreitet lag.

Der Raum war schlicht. Graue Wände, Neonröhren, Boden aus Metall.

Steril. Antiseptisch.

Der Frau vor ihm war nicht im klassischen Sinne schön. Sie war 2,10 Meter groß und eher wie ein Mann gebaut, mit breiten Schultern und Muskeln und Schenkeln, die die hübschen kleinen Brüste und die schlanke Taille unter einem Mantel falscher Männlichkeit verbargen. Eine starke Kieferpartie und eine langweilige Nase wurden durch einen Nebel süßer Sommersprossen ausgeglichen. Er konnte neun Löcher in ihrem linken Ohr zählen, wo Ringe entfernt worden waren. Ihr Haar hatte den unverwechselbaren Farbton von Matsch, war an den Seiten sehr kurz geschnitten und normalerweise in einem annähernd modischen Irokesenschnitt nach oben frisiert.

Heute lag es, angeklebt von Schweiß und Schmerz, eng am Kopf.

Tamaz trat zurück, um die Frau besser sehen zu können, seine Gefangene, seine Beute.

Sie war sorgsam, liebevoll auf ein modifiziertes Krankenhausbett gebunden worden, ihre Füße links von ihm und ihr Kopf unter seiner rechten Hand. Ein Tropf in ihrem linken Arm sorgte dafür, dass sie hydriert blieb und milde halluzinierte. Nicht sehr, nur genug, um sie folgsam sein zu lassen.

Ein Riemen verlief über ihren Mund. Nicht, um sie am Schreien zu hindern. Sie zeigte nie ihren Schmerz. Nein, er diente nur dem Zweck, sie daran zu hindern, sich aus Versehen in ihrer Pein die Zunge abzubeißen. Sie würde sie später vielleicht noch brauchen.

Es waren genügend Riemen verwendet worden, um sogar Djamila Sykora daran zu hindern, sich mehr als zwei Millimeter zu bewegen, ganz zu schweigen davon, sich zu befreien. Er wollte es nicht anders. Sollte es ihr gelingen zu entkommen, wären sie vermutlich gezwungen, sie zu töten, und sei es allein aus dem Grund, sie daran zu hindern, sie alle umzubringen.

Trotzdem war ihre kantige, nackte Gestalt die Perfektion an sich. Er hielt inne, um den straffen, durchtrainierten Bauch zu bewundern. Die einzigen Männer, die er kannte und die solche Bauchmuskeln besaßen, waren professionelle Models. Sogar das Identitätstattoo auf der Seite ihres ihm zugewandten Brustkorbs war die schöne Erklärung einer kraftvollen, unabhängigen Frau.

Sie schien aus nichts als beeindruckenden Muskeln zu bestehen. Abraam Tamaz war stolz darauf, stark und fit zu sein, doch er war sich bewusst, dass sie ihn bei jeder Übung, an jeder Maschine, die er aussuchte, beim Gewichtheben übertrumpfen würde, genauso wie sie ihn bei einem Lauf mit voller Ausrüstung hinter sich lassen und ihn vermutlich an jeder Waffe schlagen würde, auch wenn letzteres etwas war, dass er gerne überprüft hätte, wenn er es riskiert hätte, ihr eine geladene Pistole in die Hand zu geben.

Und doch begehrte er diese Frau, umso mehr, da Perfektion wie diese ihm vorenthalten wurde. Oh, er könnte sie hier und jetzt nehmen und sie würde es nie wissen. Und obwohl es Drogen gab, die er ihr zuführen konnte, die dafür sorgen würden, dass sie bei Bewusstsein war, während er dies tat, würde sie sich nicht freiwillig geschlagen geben.

Zumindest jetzt noch nicht.

Tamaz studierte die Drähte, die aus einem Apparat über ihrem Kopf kamen. Er folgte ihrem Verlauf bis zu kleinen Plättchen, die an ihren Ohren befestigt waren, ihrer Stirn, ihrem Hals, ihren Brustwarzen, ihrem Bauch, ihren Handgelenken ihren Knöcheln. Sie sahen fast aus wie kleine Schlingpflanzen, die aus ihrem Körper sprossen. Außer dass diese anstatt von Nährstoffen Elektrizität in ihren Körper leiteten.

Nicht genug, um sie wahnsinnig werden zu lassen. Oh nein. Nicht sie.

Zumindest jetzt noch nicht.

Nur genug, um … nennen wir es negative Verstärkung. Sie würde nicht freiwillig aufgeben. Doch sie könnte immer noch an die Kandare gezwungen werden, wenn man sich die Zeit dazu nahm.

Er war ein geduldiger Mann.

Tamaz nickte dem Mann zu, der beinahe unsichtbar hinter dem Apparat an Sykoras Kopf gelauert hatte. Der Mann glich einem verrückten Wissenschaftler, kahlrasiert, Lesebrille, schwammiger Wanst, weißer Laborkittel.

In seinem Geist nannte Tamaz ihn trotz seiner medizinischen Abschlüsse und Ausbildung stets Igor. Letztendlich … konnte man sich, wenn einem einmal solche Ehren aufgrund ethischer und krimineller Verfehlungen aberkannt worden waren, wirklich noch einen Arzt nennen?

Tamaz nahm an, dass ihn dies zu Dr. Frankenstein machte.

Er selbst zog immer Blackbeard vor, vor allem, nachdem sich sein rabenschwarzes Haar auf eine Art und Weise in Silber verwandelt hatte, die ihn für das schöne Geschlecht immer attraktiver machte.

Grimmig blickte er nach unten.

Nicht, dass sie ihm je ein Lächeln schenken würde.

Igor drehte an einem Rädchen an der Vorderseite der Maschine. Tamaz war wie jedes Mal wieder erstaunt, als das beinahe unterbewusste Summen verklang. Die Maschine machte ihn nervös.

Sykora entspannte ebenfalls, doch das lag daran, dass die Elektrizität aufhörte, ihre Nervenstränge zu quälen. Ihre Muskeln erschlafften nach der absoluten Spannung, die sie zuvor gehalten hatten. Selbst ihre Brustwarzen wurden weicher.

Tamaz nickte erneut.

Igor öffnete eine kleine Phiole mit Flüssigkeit vor Sykoras Nase. Sogar auf die Entfernung roch sie schlecht genug, um die Toten aufzuwecken.

Sykora regte sich.

Ihre Augen hatten dann und wann gezwinkert, während sie sich unter dem Ansturm des elektrischen Schmerzes befunden hatte, doch dies war eine automatische Reaktion gewesen.

Nun befand sich Erkenntnis darin, die langsam dämmerte.

Tamaz sah, wie diese leuchtend grünen Augen sich auf die Decke über ihr fokussierten. Nach einem Moment realisierte sie, dass er dastand.

Das Gegenteil von Liebe ist nicht Hass. Es ist Apathie. Hier jedoch ist keine Apathie. Jetzt müssen wir nur noch die Leidenschaft umwandeln.

Djamila Sykora kam wieder zu sich, zurück zu ihm, von dem Ort – wo auch immer sich dieser befand –, an den sie sich vor seinem Ansturm zurückgezogen hatte.

„Es ist noch nicht zu spät, meine Liebe“, säuselte er sanft. „Es liegt an Ihnen, die Schmerzen zu beenden. Das Einzige, was Sie tun müssen, ist, sich mir zu ergeben.“

Sie war noch nicht gebrochen. Doch das wusste er. Die subtile Art, wie sich ihre Lippen und Nase zu einer höhnischen Grimasse um ihren Knebel verzogen, zeigte das deutlich.

Doch er konnte es immer noch versuchen. Sie könnte sich immer noch fügen, bevor die Dinge die ultimative Stufe erreichen mussten.

Ihr Märchenprinz, ihr Captain, würde bald kommen, um sie zu retten.

Er würde es nicht zulassen können, sie in den Händen von jemandem wie Tamaz zurückzulassen, wo ihre Reinheit beschmutzt werden könnte.

Nein, es würde einfach nötig sein, Zakhar Sokolov zu töten. Und es vor ihren Augen zu tun.

Sie zum Zusehen zu zwingen, sie flehen zu lassen, sie leiden zu lassen. In Kombination mit der Folter und den Drogen sollte das genug sein, um sie zu brechen.

Eine gebrochene Sykora würde nicht so gut sein wie eine willige Sykora, doch er konnte sich mit der Hälfte des Brotlaibs zufrieden geben, besonders mit einer, die so grandios war wie sie.

„Sokolov kommt, um Sie zu holen, liebste Djamila“, fuhr er in der Art Ton fort, den man verängstigten Tieren gegenüber anschlug.

Ihre Augen loderten auf, als die Worte in ihr tiefstes Inneres vordrangen.

War es Hoffnung? Furcht? Liebe?

Was auch immer es war, es zum Vorschein zu bringen,

war ein weiterer Schritt auf dem Weg, sie zu brechen, sie zu nehmen, sie zu besitzen.

Tamaz hielt sich davon ab, sich beim Gedanken an eine nachgiebige Sykora, die ihm ihren Kern, ihr Selbst, ihre Weiblichkeit darbot, physisch die Lippen zu lecken.

Bald. Sehr bald würde die Rache nah sein.

Tamaz nickte Igor zu, der stumm und unauffällig wie immer war. Der Mann stellte das Rädchen zurück auf die sechste Stufe.

Tamaz fühlte, wie eine Lanze der Lust durch ihn fuhr, als ihre Zehen sich verbogen, ihr Rücken sich zu wölben versuchte, ihre Nippel sich dem Himmel entgegenreckten. Doch nicht ein einziges Mal kam ein Ton über ihre Lippen.

Zuerst werde ich mich an Sokolov rächen, meine Liebe. Und dann gehörst du mir.

TEIL ZWEI

Die *Meehu Plattform*. Ein hässlicher, geosynchroner, unförmiger Metalldonut, der einen ansonsten wertlosen Planeten desselben Namens umkreiste, der in einer wenig angesagten Ecke der Galaxis lag, wo die Gegenwart des *Concord*-Reichs an Schärfe verlor und andere politische Einheiten nicht genug Schwung besaßen, um ihren Willen durchzusetzen.

Javier kannte den Ort nicht allzu gut, doch man hörte so dieses und jenes. Es gab immer Geschichten über einen Ort wie diesen.

Zum größten Teil waren die Geschichten wesentlich aufregender und exotischer als die Realität sich letztendlich herausstellte. Piratenstationen hörten sich immer cool an, doch letztendlich waren sie normalerweise immer ein wenig heruntergekommen wie der üble Teil einer üblen Stadt, wo es wahrscheinlich war, dass man für Kleingeld überfallen wurde.

Die *Plattform* war ein wenig besser als das. Vielleicht. Sie wurde definitiv von einer furchterregenden Oligarchie verwaltet, die aus Händler-Piraten/Schmugglern bestand, die begriffen hatten, dass ein Ort gebraucht wurde, wo es ein paar Regeln gab und wo die Leute sich entspannen konnten, ohne fürchten zu müssen, dass die Obrigkeit sich zeigte. Es waren nicht die Regeln, die man in netteren Einrichtungen fand, aber es waren Regeln.

Die Berühmtheit der *Meehu Plattform* rührte von dem Grad absoluter Rücksichtslosigkeit her, mit dem die Verhaltensregeln durchgesetzt wurden. Wenn man die Regeln brach, bezahlte man eine Strafe, die vom Ausmaß des Fehltritts abhing. Und man wurde eventuell für mehrere Jahre von der Station verbannt, deren Dauer üblicherweise länger war, als die meisten Leute in Kauf nehmen wollten. Nur selten wurde jemand hingerichtet. Niemand wollte Gefahr laufen, irgendwann gar keine zahlende Kundschaft mehr zu haben.

Und auf der *Meehu Plattform* drehte sich alles um zahlende Kundschaft.

Wenn man ein Bedürfnis hatte und Geld besaß, war es fast unmöglich, nicht das zu bekommen, was man wollte. Seine Hühner hatten vor langer, langer Zeit eine Weile gedauert, aber das lag daran, dass sie nicht illegal waren. Es war einfach so, dass niemand sie auf Lager hatte.

Irgendjemand hatte sich die Mühe gemacht, sie zu suchen und zu finden, damit er sie an einen herumstreunenden Scout verkaufen konnte, der unter einem Erkundungsvertrag der *Concord*-Flotte reiste.

Javier lächelte im Stillen. Jeder ging davon aus, dass er noch nie hier gewesen war, weil niemand sich die Mühe gemacht hatte, ihn zu fragen.

Er konnte hören, wie Wilhelmina hinter ihm letzte Hand an ihre Aufmachung anlegte, doch er konzentrierte sich auf die Station, die vor ihnen lag.

Ich meine, wie viele Leute sind irre genug – oder dumm genug –, um an einen Ort wie die Meehu Plattform *zurückzukehren, und das in einem Schiff, das sie ursprünglich dort gestohlen hatten?*

Das würde sich zu seinen Gunsten auswirken. Bei den Leuten hier wurde vorausgesetzt, dass sie schlau waren. Niemand wäre so dämlich, daher würde die Obrigkeit dieser Möglichkeit keine große Aufmerksamkeit schenken, wenn er sie nicht auf sich aufmerksam machte.

Javier hatte in den letzten Tagen ein Menge Zeit darauf verwendet, an der Elektronik herumzuspielen. Suvi war wieder zusammengesetzt. Oder vielmehr, ihr kleines Flitzschiffchen war schneller, schlauer und besaß genug freien Speicher, um sie für ein Jahr mit Filmen und Büchern zu versorgen, wenn man von dem Tempo ausging, mit dem sie sich durch dieses Zeug fraß. Für ihn wären es ein paar Jahrhunderte.

Gleichzeitig hatte Javier seinen paranoiden Dämonen Zucker gegeben, indem er die Maschinen und Computer der kleinen Yacht überprüft hatte. Das Schiffssystem war dumm. Er hatte schon intelligentere Hunde besessen. Doch er war jeder Spur von Logik im Hinblick auf den Computer gefolgt und hatte alle Stellen identifiziert, an der ein Bulle nach Seriennummern oder anderen Identifizierungsmerkmalen suchen würde. Und noch ein paar Orte, an denen *er* nachsehen würde. Und schlussendlich hatte er Suvi beauftragt, ihn von der elektronischen Seite her unter die Lupe zu nehmen.

Alles war korrigiert. Sie hatte sogar eine Datei gefunden, die einem Polizeicomputer mitteilte, wo man nach einer Seriennummer schauen sollte, die vom ursprünglichen Eigentümer von Hand mit irgendeinem Werkzeug eingeätzt worden war. Nun nicht mehr, nachdem Javier sich selbst in den Maschinenschacht begeben hatte und darüber geschweißt hatte. Sicher, ein forensischer Spezialist könnte die Zahlen und Buchstaben wieder herauskitzeln, doch wenn sie bereits so argwöhnisch wären, wäre er ein toter Mann.

„Was denkst du?“, fragte Wilhelmina einladend.

Javier wandte sich um und sah zu ihr auf. Und erinnerte sich dann daran, seinen Unterkiefer wieder vom Deck aufzuheben. Zweimal.

Hochgewachsen. Lange Beine in spitz zulaufende, hochhackige Stiefel geschmiegt, die bis über ihre Knie reichten. In einer Art glitzerndem, leuchtendem Violett, das beinahe hypnotisch anzusehen war. Noch hypnotischer als sie.

Cremefarbene Strumpfhosen, die ihre kraftvollen Schenkelmuskeln zeigten, an denen sie offensichtlich nach ihrem langen Nickerchen gearbeitet hatte.

Eine Tunika mit Gürtel, die gerade über ihren Po hinabhing, während sie sich langsam im Kreis drehte und sich stolz präsentierte. Er hätte geschworen, dass sie aus Sämischleder bestand, zumindest wirkte es so. Sie war von der Farbe von Tauben im Nebel.

Um ihre Taille lag eine Art raffinierte Schärpe, ein Gurt/Gürtel/Dingsbums, das so Schwarz war, dass es das Licht aufzusaugen schien. Weil er sie davon überzeugt hatte, dass Piraten ausgefallene Schärpen trugen. Jeder Film bestätigte das.

Schwarze Hochglanzpatronengürtel, die von einem Messingring verbunden wurden, der exakt auf Höhe ihrer Nippel zwischen ihren Brüsten ruhte und die Augen zu dem tiefen V-Ausschnitt ihres Tops zog, das darum kämpfte, diese Brüste bändigen. Sie hatte schöne Brüste, die sich ihrer Freiheit entgegendrängten.

Es dauerte ein paar Augenblicke, sich wieder bewusstzumachen, dass sie ein Gesicht besaß. Eine Lage Makeup-Grundierung hatte all ihre Sommersprossen überdeckt und gab ihr ein vage ägyptisches Aussehen, einen

Effekt, den sie mit braunem Eyeliner und Farbe verstärkte. Blutrote Lippen, die sie wie eine Kreatur der Nacht aussehen ließen. Zusammen mit ihrem nun dunklen Haar war sie jemand anders. Und die meisten Männer würden ohnehin nicht so weit nördlich schauen, dass sie ihr Gesicht sehen würden. Er fühlte jedenfalls definitiv keinen großen Drang danach.

„Ähem", sagte sie. Sie war nicht offensichtlich verärgert, doch ganz klar fühlte sie sich ein wenig zum Objekt degradiert, während er auf ihre Brüste starrte.

Pech, Lady. Du bist kurz davor, eine Station zu besuchen, die voller Leute ist, die uns umbringen werden wollen. Gewöhn dich daran, eine Gangsterbraut zu sein.

Javier lächelte. Seine eigene Aufmachung war nicht annähernd so eindrucksvoll. Er wollte, dass sie auf Wilhelmina Teague achteten, oder auf *Hadiiye*, wie sie nun bekannt sein würde.

Er lächelte noch breiter. Nur die Wenigsten in diesem Sektor würden genug Türkisch können, um zu begreifen, dass der Name grob *Führer* bedeutete. Zutreffend für eine ehemalige Hirtin des Worts.

„Sehr hübsch", antwortete er. „Niemand wird sich auch nur im mindesten daran erinnern, wie ich aussehe."

„Vielleicht steht er ja auch nur auf Jungs, weißt du?", antwortete sie beißend.

„Männer sind visuelle Kreaturen, Hadiiye", bemerkte Javier anzüglich. „Er würde dich sogar dann begehren."

Sie wurde rot, was selbst durch das Makeup zu erkennen war.

Javier wusste, dass die Hirten eine Anzahl Gelübde ablegten: Armut, Gehorsam, Keuschheit. Solche Sachen. Doch sie hatte ihm auch, als sie schweißbedeckt in der Dunkelheit lagen, erklärt, dass dies eher Vorschläge waren, dazu gedacht, den sittsamen Suchenden auf dem Pfad zu halten, und nicht so sehr Regeln, die für einen klösterlichen Lebensstil entworfen worden waren. Sie konnte immer noch ein gutes Steak oder ein gutes Nümmerchen genießen, doch dies waren Sachen für den Körper, nicht für den Geist.

Er war aus ganzem Herzen anderer Meinung. Sie waren gut für die Seele.

„Steh jetzt auf, du“, sagte sie schließlich, begleitet von einem ungeduldigen Fingerschnippen. „Ich will es sehen.“

Javier erhob sich.

Er hatte ihre ursprüngliche Vision eines blutrünstigen, knallharten Piraten verfeinert, doch nicht in die Richtung, die sie vorgesehen hatte. Das hier wirkte eher wie eine Truppe Shakespeare-Darsteller, deren Aufmachung mit einem Straßengangmotiv versehen worden war.

Schnürstiefel mit zwanzig Löchern in glänzendem Neonleder, mit Bordsteinkickersohlen und metallverstärkten Fußkappen. Leuchtend rote Schnürsenkel bis oben, die in Doppelknoten endeten.

Knielange Hosen aus kastanienbraunem Cord, mit schwerer Leder-Kampfpolsterung an den Seiten, für den Fall, dass ihn jemand aus einem Chop-Suey-Film trat.

Ein sechzehn Zentimeter breiter Ledergürtel um seine Mitte, den wiederum eine kanariengelbe Schärpe umlief. Viel ausgefallener als ihre. Nur, weil er es konnte.

Ein ärmelloses Wams aus dem gleichen kastanienbraunen Cord, doch mit zwei Reihen von Knöpfen, die von der Höhe seiner Hüften bis zur Mitte seines Schlüsselbeins verliefen. Darunter ein überraschend weißes, langärmeliges Hemd.

Die Frau ihm gegenüber wies ihn darauf hin, dass er die Schultern besaß, um ein solches Wams zur Wirkung zu bringen. Javier hatte bisher nur selten das Bedürfnis danach verspürt. Doch das hier war Halloween. Er konnte diesen Grad von Kostümparty ein paar Tage durchziehen, ohne sich dabei dämlich zu fühlen.

Nicht sehr dämlich.

Und nur aus Spaß an der Freud war ein Tuch um seinen Kopf geschlungen, auf dessen Mitte ein Logo der *Neu-Berne*-Angriffsflotte prangte. Sykora würde dieses letzte Detail zu schätzen wissen. Er brauchte etwas Spaßiges auf seiner Seite, um damit die Dinge in der richtigen Balance zu halten, bevor sie zu grimmig wurden.

Ein Galadegen und eine Strahlenpistole hielten sich an seinen Seiten gegenseitig im Gleichgewicht. Javier konnte die Pistole kaum bedienen. Und wenn er auf jemanden treffen würde, der sich mit Klingen auskannte, wäre Javier ein Weihnachtstruthahn, der nur darauf wartete, zerlegt zu werden.

Hadiiye, Wilhelmina, pfiff anerkennend und bedeutete ihm, sich vor ihr zu drehen wie sie es zuvor getan hatte.

„Ganz ehrlich …“, sagte sie mit einem Zwinkern, als er fertig war, „du solltest in Erwägung ziehen, dass als deinen üblichen Look einzuführen.“

Javier schenkte ihr seinen stinkigsten finsteren Blick, hielt sich jedoch davon ab, wieder an den *harten* Ort abzutauchen, an dem er sich bereits befunden hatte.

„Der wäre an die restliche Crew verschwendet“, sagte er. „Und du wirst nicht da sein, um mich gebührend dafür zu entschädigen.“

Sie errötete erneut. Diesmal noch stärker. Doch sie kommentierte seine Aussage nicht.

„Also ich bin Hadiiye“, sagte sie nach einem Herzschlag, „und wer bist du?“

„Ich bin *Navarra*“, verkündete er mit einem Hauch gefährlicher Drohung. „Der erste König von Navarra auf der Erde war ein Aritza.“

„Das wusste ich nicht.“

„Ich habe in Geschichte ein paar Dinge gelernt, Lady“, erwiderte Javier.

Er holte tief Atem und spürte, wie Ernsthaftigkeit von ihm Besitz nahm wie die Dunkelheit, die nach dem Sonnenuntergang herankriecht.

„Wenn wir dorthin kommen“, fuhr er fort, wobei er sich schleichend dem dunklen Ort im hinteren Teil seines Geistes annäherte, „musst du für mich entweder eine todernste Schurkin sein oder eine totale Tussi, doch du musst dich jetzt entscheiden, damit ich entsprechend planen kann. Jeder Ausrutscher vor diesen Leuten dort drüben wird uns das Leben kosten.“

Javier beobachtete ihre Augen und sah dann, wie sie tief, beinahe meditativ Atem holte. Sie richtete sich zu voller Größe auf, wobei sie ihn fast so weit wie Sykora überragte, doch trug Hadiiye auch zwölf Zentimeter hohe Absätze. Ihre Augen schlossen sich für ein paar Sekunden.

Es war, als würde man kleine Wellen auf einem ruhigen Teich beobachten, als die Energie aus ihrem Bauchnabel heraus und bis in die Spitzen ihrer roten Fingernägel floss.

„Ich bin Hadiiye“, erklärte sie mit einer Stimme, die in Bronze gegossen worden war. „Killerin. Attentäterin. Todbringerin. Vertraue deine Seele Gott an, bevor du dich mit mir anlegst, Freundchen.“

Sie hatte sich für die knallharte Schurkin entschieden. Er hätte es wissen sollen.

Javier ließ eine gehobene Augenbraue die nächste Frage stellen.

„Vor fünfhundert Jahren war die Galaxis auch kein sichererer Ort für eine allein reisende Frau“, schnurrte sie seidig mit einem bösen Lächeln, welches das Gefühl verströmte, dass sie ein *großes, katzenhaftes Raubtier* war. „Nicht jeder akzeptierte ein Nein. Zumindest nicht beim ersten Mal.“

Unwillkürlich erschauerte er.

TEIL DREI

Die Wachen hatten sie ins Auge gefasst, sobald sie die Kaschemme betreten hatten. Wilhelmina zählte sie.

Nein, verdammt. Konzentriere dich. Hadiiye zählte sie.

Fünf, einer von ihnen offensichtlich der offizielle Türsteher, zwei weitere an der Bar, und zwei andere, die im Raum verteilt waren und versuchten, wie unschuldige Gäste auszusehen.

Hadiiye hing nicht an Navarras Arm, während sie liefen. Das wäre die Tussi-Version dieses Kostüms gewesen.

Hadiiye war eine Killerin. Das musste sie auch verkörpern: an drei Stellen versteckte Klingen plus eine in ihrem Gürtel; eine kleinere Strahlenpistole als Navarra sie trug, die in einem versteckten Holster an ihrer linken Niere steckte, wo sie sie schnell erreichen konnte.

Sie war hier zu gleichen Teilen Bodyguard und Gangsterbraut, mit einer Dosis Augenschmaus, die als zweites Ablenkungslevel wirkte. Ihre Brustwarzen pressten sich gegen den weichen Stoff ihrer Tunika, doch dagegen konnte sie nun wirklich nichts tun.

Das hier war so ein Spaß.

Hirten des Worts waren immer ernsthafte Menschen. Sie lernten, reisten, bekehrten unablässig. Man erwartete nicht von ihnen, dass sie Dinge wie diese hier taten, sich verkleideten, um eine Gaunerei bei einem kriminellen Unternehmen durchziehen zu können.

Hadiiye bemerkte die anerkennenden Blicke der fünf Männer, die ihr entweder in den Schoß oder auf die Brüste starrten. Navarra hatte recht gehabt. Diese Wettschuld würde sie bezahlen müssen.

Aber mal ehrlich, was wusste sie schon über die niedrigeren Exemplare von Männern?

Na ja, okay, das war eventuell ein bisschen arrogant und überheblich, doch hier waren diverse Beispiele dafür, was genau ‚das Wort' zu verbessern beabsichtigte. Hadiiye würde ihre Hintern vielleicht den Block rauf und runter treten müssen, nur damit Wilhelmina zu ihnen predigen konnte, nachdem sie angemessen in Stimmung waren, ihr als Person zuzuhören und sie nicht anzustarren, als sei sie ein Stück Fleisch.

Wilhelmina saß still in einer Ecke ihres Geistes, während Hadiiye die Männer finster anblickte. Sie stellten sie sich nackt und vermutlich über einen der Tische in diesem Restaurant gebeugt vor, während sie der Reihe nach über sie herfielen.

Sie stellte sich vor, wie sie von Haken in einem Schlachthaus hingen.

Offenbar nahmen sie diese Schwingungen wahr, während sie weiterging.

Javier trat an die Bar und lehnte sich dagegen.

Nein, verdammt. Navarra.

Ein Lakai trat aus einer Tür hinter der Bar, kalt und arrogant, während er diese *Touristen* beäugte, die sich offensichtlich in das falsche Etablissement verirrt hatten.

Navarra käme schon mit ihm klar. Hadiiye wandte sich

um, um den Rest des Raums zu betrachten. Und die Männer, die sich unauffällig in Position brachten, als würde irgendein Akt der Gewalt bevorstehen.

Mal ehrlich, wenn es fünf Kerle brauchte, um uns zwei anzugreifen, dann sollte dein Boss bessere Schläger anheuern.

Und das war genau das, was sie waren. Schlägertypen. Zweitklassige, muskulöse Halsabscheider, die ein Restaurant bewachten, das sich auf französische Küche spezialisiert hatte. Auf einer Station, die als krimineller Marktplatz diente. In der Mitte des Nichts.

Hadiiye lächelte innerlich, dann ließ sie ihr Lächeln die sie umgebenden Männer einschließen. Vor langer Zeit hatte eine junge Hirtin namens Wilhelmina jüngeren Schülern, die meisten von ihnen Mädchen, Nahkampftechniken beigebracht, um sie darauf vorzubereiten, in die ach-so-gefährliche Galaxis hinauszugehen und ‚das Wort' zu verkünden. Sie musste sich auch darum bemühen, mit Beinen, die länger waren als die anderer Leute.

Hinter ihr grunzte der Barkeeper etwas Unflätiges.

Navarra antwortete auf Französisch, was den Barkeeper offenbar fast genauso überraschte wie Hadiiye.

„Es ist mir egal, was du denkst, Landei", knurrte Navarra leise. „Dein Job ist es, Captain Tamaz eine Nachricht zukommen zu lassen. Wenn du das nicht kannst, lasse ich das einen von diesen Welpen hier stattdessen erledigen."

Die sie umgebenden Dreckskerle spannten sich an, doch auf eine Weise, auf die Nackenhaare sich nach einer Beleidigung sträubten, nicht auf die Art, die zu einem Angriff führte. Indignierter Schock.

„Was für eine Nachricht?", fragte der Barkeeper mit einem Akzent, der besser in einen der übleren Slums von Paris gepasst hätte. Wie war er hierher gekommen, so weit von der Erde entfernt?

Doch wie war dies Hadiiye passiert? Sie waren alle weit von der Heimat entfernt.

Die Attentäterin sah nacheinander jeden der Männer mit stählernem Blick an. Es war nicht so sehr eine Herausforderung. Es war schlimmer. Es war eine Frau die über sie einfach wie über eine Mannschaft kleiner Schüler lachte.

„Mein Name ist Navarra“, sagte der einzigartige Wissenschaftsoffizier herablassend. „Ich will über die Frau von Neu Berne reden. Er wird es verstehen. Jetzt werden wir aber erst einmal im Galileos zu Abend essen. Schönen Tag noch.“

Navarra erschien in ihrem Augenwinkel und hielt bereits in strammem Schritt auf die Tür zu. Hadiiye lächelte ihre Beute noch einmal an und folgte ihm aus der Tür.

TEIL VIER

„Woher wusstest du, wo du hin musst, um ihn zu finden?", fragte Wilhelmina. Sie war immer noch Hadiiye, doch sie befanden sich nun in einem hübschen Bistro, das sich auf traditionelle bäuerliche Küche aus Italien spezialisiert hatte. Musik und Unterhaltungen waren laut genug, dass sie ihr Gespräch im Privaten führen konnten, so lange sie aufpassten.

Das Essen war exzellent.

„Während wir hierher geflogen sind, habe ich ein paar Anrufe gemacht. Du warst unter der Dusche", antwortete Javier.

Nur, dass es nicht Javier war. Es war immer noch *Navarra,* ein harter, kalter Hurensohn von Pirat, der mehr wie der Mann aussah, der mit Captain Sokolov bei ihr an Deck gestanden hatte, als der Kasper, der sie aus ihrem magischen Schlaf geweckt hatte.

Zumindest hatte sie endlich ihren Kuss bekommen.

„Du kennst Leute auf *Meehu*?" Wilhelmina war schockiert.

Das hatte er nicht erwähnt. Sie war darauf gefasst

gewesen, zu improvisieren, wohlwissend, dass sie ein paar Tage hatten, um sich umzusehen, bevor Sokolov eintreffen würde.

Die Kreatur namens Navarra wartete nicht.

„Ich bin hier schon mal vorbeigekommen", erwiderte er in einem Ton, der zu keinen weiteren Fragen zu diesem Thema einlud.

„Also, was ist dein Plan, Navarra?"

Sie war in diesem Jahrhundert immer noch ein wenig verloren. Aber die Menschheit hatte sich sicher nicht allzu sehr verändert. Doch sie war noch nie zuvor eine Kriminelle gewesen. Es machte Spaß, sie jedoch auch ein wenig nervös. Navarra war ein interessanter, wenngleich beunruhigender Begleiter.

„Wir haben zwei oder drei Tage Vorsprung", erwiderte der harte Mann, der ihr gegenübersaß. „Er wird jetzt noch nicht anfangen, sich auf Sokolov vorzubereiten, weil er wahrscheinlich davon ausgeht, dass der Captain nicht so schnell reagieren kann. Wir werden uns vorher an ihn heranmachen, seine Schwächen herausfinden und sie ausnutzen."

Navarra beugte sich vor, stützte beide Ellbogen auf den Tisch und legte sein Kinn auf die ineinander verschränkten Fäuste. Der Ausdruck seiner Augen wurde noch härter.

„Es wird wahrscheinlich nötig sein, ein paar Leute zu töten, bevor wir diese Station verlassen, Hadiiye. Hast du deinen Frieden damit gemacht?"

„Ich denke schon."

„Nein", antwortete er rundheraus.

Es war der Klang, der dafür sorgte, dass es sie kalt überlief. Bisher war dies nur eine Maskerade gewesen. Für eine Party. Plötzlich spürte sie, dass im Sand zu ihren Füßen eine Linie gezogen worden war.

„*Nein*?"

„Du wirst entweder mit *Ja* antworten oder an Bord des Schiffes bleiben, während ich das hier regele. Ich muss mich absolut auf dich verlassen können. Such es dir aus. Jetzt."

Die letzten Tage waren verschwunden, einfach so. Die letzten sechs Wochen. Die Freundschaft. Die Kameradschaft. Lange aufzubleiben und herumzublödeln. Alles.

Weg.

Doppelgänger.

Es gab keinen Javier mehr. Nur noch Navarra. Wo war er hergekommen? Würde sie Javier je wiedersehen?

Sie vermisste ihn jetzt schon.

„Ich habe dir mein Leben anvertraut", sagte sie leise. „Meine Seele."

„Nein. Sykora hat das getan. Du warst nur das Ergebnis."

Hä?

Wilhelmina dachte an die langen Gespräche mit Djamila zurück, wenn sie Tee tranken und dem altertümlichen Schiff dabei zuhörten, wie es durch die Dunkelheit tuckerte, während Piet und Afia schliefen. Sie hatte dabei etwas übersehen. Etwas eminent Wichtiges zwischen diesen beiden, Javier und Djamila.

Geliebte, vereint im Hass.

Wilhelmina bedachte ihre Alternativen.

‚Das Wort' maß allem Leben Wert bei. Es stand, als Eckpfeiler von Rama Treadwells Lehren, auf der Basis der auf Gleichheit beruhenden Natur des Glücks. Alle Kreaturen verdienten die Freiheit, Glück nach ihren eigenen Wünschen und frei von Beschränkungen zu definieren und zu erlangen.

Das war es, was sie gelehrt worden war. Was sie gelehrt hatte.

Und doch …

Wissende tappten oft in ihre eigene logische Falle: den *Irrtum des Pazifismus*. Sie vergaßen, dass der Friedensschwur in sich das Versprechen auf Gewalt zum Schutze anderer barg.

Von Hirten des Worts wurde erwartet, dass sie mit ihren Worten in den Kampf zogen, doch sie besaßen auch ihre Hände, wenn alles andere fehlschlug.

Wilhelmina sah sich einmal im Raum um, wobei sie sich wohl bewusst war, dass Javier auf eine Antwort wartete. Für einen Unbeteiligten würde es so aussehen, als hielte Hadiiye aktiv nach Gefahrenquellen für ihr Leben Ausschau. Doch dies hier ging wesentlich tiefer.

Hier gab es keine Touristen. Nicht im Sinne von fetten, glücklichen, Mittelklasse Reisenden auf einem Abenteuertrip. Die kamen nicht nach *Meehu*. Nicht einmal versehentlich.

Stattdessen waren dort Jugendliche, Leute, die gerade erst ihre Teenagerjahre hinter sich gelassen hatten, die entweder fortgelaufen oder aus dem Haus gejagt worden waren. Es gab auch Leute in mittlerem Alter, die alles verloren hatten und von vorne beginnen wollten. Da waren ältere Leute, die versuchten, sich an etwas zu klammern und vor denen ein kalter und einsamer Tod lag.

Sie sah hier sehr wenige Leute, die dies als ihr Ziel, ihr Schicksal betrachtet hatten.

Doch wer tat das schon?

Wilhelmina formte die Worte, die von Rama Treadwell und seinen intellektuellen Nachfahren vor langer Zeit weitergegeben worden waren, doch Hadiiye sprach sie laut aus.

„Paladine sind Männer und Frauen des *Schwerts*, Navarra.“

Da. Eine verbindliche Zusage.

Ich werde Menschen für dich töten, für Djamila, für Sokolov. Ich werde Gewalt anwenden, um zu versuchen, die Galaxis zu einem besseren Ort zu machen, nicht indem ich ihr meine Ordnung aufzudrängen versuche, doch indem ich meinen

Willen benutze, um Möchtegern-Eroberer aufzuhalten, böse Menschen, Schurken.

Navarra fasste sie für einige Momente genau und stumm ins Auge, bevor er Atem holte und nickte.

Für einen Atemzug sah sie einen tiefen Schmerz in Javiers Augen, dessen Existenz sie nie vermutet hatte. Etwas Schlimmes und Bitteres. Offensichtlich war er gut darin, Dinge vor anderen zu verstecken.

Wäre es besser, die Sache auf sich beruhen zu lassen oder ihm dabei zu helfen, zu heilen? Würde er diesen Vorschlag willkommen heißen?

Etwas an Navarra änderte sich, als er nach rechts über ihre Schulter blickte. Fast unmerklich, aber von entscheidender Bedeutung.

Hadiiye verlagerte unauffällig ihr Gewicht und ließ eine Hand vom Tisch fallen, damit sie nahe einer Klinge ruhte, die für das Werfen ausbalanciert und oben im Schaft ihres rechten Stiefels verborgen war. Etwas knisterte in der Luft, ähnlich dem Geruch von Ozon.

„Captain Navarra?", fragte ein Mann vorsichtig.

Hadiiye sah sich um, doch niemand sonst schenkte ihnen Aufmerksamkeit. Sie blickte zu dem Mann zurück.

Aalglatt, auf eine gerissene Art. Ein gut gekleideter Mann in dunklen Hosen und einem passenden Jackett. Ein Geschäftsmann, der wusste, wie man einen Anzug trug, ganz im Gegensatz zu den Schuften in dem anderen Restaurant, die sich von ihren Anzügen tragen ließen. Kurzgeschnittenes Haar, oben braun und an den Rändern ergrauend. Konservativ und ruhig.

Hart, aber auf eine tödliche buchhalterische Art, nicht wie ein Killer.

Nicht wie sie.

Auf der anderen Seite des Tisches entspannte sich

Navarra ein wenig, vielleicht vom absoluten Nullpunkt auf lediglich flüssigen Stickstoff.

„Allerdings", sagte Navarra, auf den Tisch deutend. „Bitte setzen Sie sich zu uns. Nehmen Sie sich etwas Wein. Lassen Sie uns wie zivilisierte Menschen reden, die sich an einem unzivilisierten Scheideweg treffen."

Das war der Javier, an den sie sich erinnerte. Geschmeidig, charmant, eloquent. Sogar, während er sich hinter diesem harten Gesicht verbarg.

Diese Bastarde hatten keine Ahnung, womit sie es hier zu tun hatten.

Der Mann nickte zustimmend und zog mit einer Hand einen Stuhl heran, bestand ganz aus Manieren und das an einem Ort, an dem man das Wort kaum buchstabieren konnte, ganz abgesehen davon, welche an den Tag zu legen.

Hadiiye spürte seine Augen umgehend über sie hinweggleiten. Wilhelmina hätte gelächelt. Hadiiye jedoch blickte finster, ganz konzentriert auf ihre Rolle als Gangsterbraut, als Handlangerin.

Eine Killerin.

Sie fühlte, wie er sie abqualifizierte, kaum an ihrem Ausschnitt hängen blieb, bevor er seine volle Aufmerksamkeit Navarra zuwandte.

„Ich glaube nicht, dass wir uns schon einmal begegnet sind, Captain Navarra", sagte der Fremde vorsichtig. „Mein Name ist Marcas Almássy. Ich arbeite als Vermittler für Captain Tamaz. Soweit ich es verstanden habe, wünschen Sie ihn zu sprechen."

Navarra hatte seine Hände gesenkt und lehnte sich, das Kinn nicht mehr auf die Knöchel gestützt, zurück. Jetzt streckte er die Hand aus und ergriff ein halbvolles Weinglas, während ein Ober mit einem zweiten Glas und einer neuen Flasche erschien.

Ein paar schweigsame Augenblicke vergingen, während

der Ober die neue Flasche fachmännisch öffnete, daraus eingoss und verschwand, ohne dass ein Wort gesprochen worden war. Dies war eindeutig nicht der erste Besuch des Mannes. Gut zu wissen.

„Ich habe erfahren", sagte Navarra schließlich langsam und bedächtig, „dass Captain Tamaz vor Kurzem eine Person in seine Hände bekommen hat. Eine Frau, außergewöhnlich groß, früher in der Raumflotte von *Neu Berne*, jetzt eine Freibeuterin."

Almássy hielt inne, nippte genüsslich und betrachtete die Szene.

„Und wo könnten Sie so etwas gehört haben, Captain Navarra?"

Sie beobachtete Javier, *Navarra*, der sich verschwörerisch vorbeugte.

„Jemand hat geredet", flüsterte er beinahe und mit einem frostigen Lächeln. „Es gibt immer jemanden, der redet."

Hadiiye hielt die Luft an, während die Energie zwischen den beiden Männern hin- und herwogte. Gleichzeitig war sie sich jedes Gasts und jedes Weinglases in Sichtweite bewusst, davon überzeugt, dass die zwei Männer die toten Winkel an ihren Flanken sichern würden, falls etwas passierte. Beide waren Profis.

Der restliche Raum bestand lediglich aus Amateuren.

„Und was ist Ihr Interesse an dieser Frau?", erkundigte sich Almássy mit einem Lächeln.

Krokodile konnten durchaus noch etwas von diesem Mann lernen.

„Das ist rein persönlich", erwiderte Navarra lapidar. „Eine alte Angelegenheit. Unerledigt."

Für einen Moment sah sie Javiers gesamten Hass an die Oberfläche brodeln. Es gab Schauspieler, die so etwas vermutlich vortäuschen konnten, doch von diesen gab es höchstens eine Handvoll. Und die müssten sich unfassbar anstrengen, um so etwas zustande zu bringen. Wahrscheinlich würde dies nur einem meisterhaften Shakespeare-Darsteller gelingen.

„Und wären Sie daran interessiert, ein Lösegeld für sie auszuhandeln?"

Hadiiye verschluckte sich beinahe, als sie den Preis hörte, den der Mann nannte. Er belief sich auf einen beträchtlichen Teil des außergewöhnlichen Vermögens, von dem Sykora angenommen hatte, dass sie es für den uralten Frachter mit der außergewöhnlichen Geschichte bekommen könnte.

Almássy und Navarra beugten sich näher an einander heran wie zwei alte Händler in einem Bazar, die Tacheles redeten. Sie fragte sich, ob der Mann einen dieser alten Buchhalterkappe besaß, der nur aus einem Schirm ohne Kopfteil bestand.

Er vermittelte diesen Eindruck.

„Oh nein", lächelte Navarra katzenhaft. „Ich war eher daran interessiert, Plätze in der ersten Reihe zu erhalten, wenn Sie sie hinrichten. Das würde mich befriedigen. Und meine Hintermänner."

„Hintermänner?"

Hadiiye sah, wie die Konzentration des Mannes für eine Sekunde absoluter Verwirrung ins Wanken geriet, als die Bedeutung des Worts sich über ihn legte wie ein Wintermantel.

Navarra war kein einsamer Wolf, den man nicht vermissen würde, wenn ihm etwas zustieß. Andere würden Nachforschungen anstellen. Unbekannte andere. Potentiell gefährliche andere.

Sie hielt es für einen meisterhaften Schritt der Irreführung, bis sie das Leuchten in Navarras Augen sah. Wenn eine Supernova gleißende Sommerhitze war, dann war dies hier das exakte winterliche Gegenstück dazu.

Der Buchhalter bemerkte es auch. Er zog sich zurück,

sowohl emotional als auch körperlich, und lehnte sich nach hinten, so weit es sein Stuhl noch bequem erlaubte.

Augenblicke verstrichen.

Navarra betrachtete den Mann wie ein Luchs eine Feldmaus.

„Ich denke", antwortete Almássy schließlich, „dass Sie diese Angelegenheit besser direkt mit Captain Tamaz besprechen sollten, Captain Navarra."

„Das hatte ich bereits angenommen."

„Vielleicht wird es Ihnen möglich sein, heute Abend in den Club ‚Sevenoaks' zu kommen? Captain Tamaz wird in etwa sechs Stunden geschäftlich dort sein. Ich bin mir sicher, dass er sehr daran interessiert sein wird, Ihre Bekanntschaft zu machen."

Navarra erhob sich langsam von seinem Stuhl und streckte die Hand aus. Almássy tat es ihm gleich.

„Ich freue mich darauf, Mr. Almássy", sagte Navarra. „Bis dann."

Und dann war der Mann verschwunden.

Die emotional aufgeladene Atmosphäre im Raum fiel jäh, während der Raum gleichzeitig wärmer zu werden schien.

Sie waren wieder allein.

Hadiiye lächelte ihren Partner schmal an.

„Navarra, das war der absolut erstaunlichste Bluff."

Er fixierte sie mit einem kalten Blick.

„Bluff?"

TEIL FÜNF

DAS KLEINE, namenlose gestohlene Schiff war eine brauchbare Basis, während sie sich auf der *Meehu Plattform* aufhielten. Für die Zeit, die sie hier sein würden.

Javier sah sich in dem einzigen Raum um und richtete seine Aufmerksamkeit auf ein paar kleine Dinge, die er präzise so positioniert hatte, dass sie von jemandem, der den Raum nach Hinweisen auf seine Identität durchsuchte, bewegt worden wären. Dies war ihm zur zweiten Natur geworden, wenn er es mit Leuten zu tun hatte. Egal welchen Leuten. Sogar mit solchen, die er mochte. Außerdem hatte er Suvis Sensoren angelassen, so dass sie ihn mit einem roten Licht gewarnt hätte, wenn irgendjemand hier gewesen wäre.

Dieser Ort war immer noch sicher. Er trat ein, die harte Frau folgte ihm auf den Fersen.

Javier streifte Navarra wie einen alten, gemütlichen Umhang ab und hängte ihn zusammen mit dem Gürtel, in dem das Schwert und die Pistole steckten, neben der Luftschleusenluke ab. Das Schiff fühlte sich warm an, fast warm genug, um die Kälte aus seinen Knochen und seiner Seele saugen zu können.

Er wandte sich um und fand sie in der Mitte des Raumes stehend vor, während die Luke sich schloss.

Sie betrachteten einander über eine Kluft hinweg, die größer war als sie es gewesen war, bevor sie aufgebrochen waren.

„Es ist sicher, wieder du zu sein", sagte er.

Es war keine Entschuldigung, ging aber in diese Richtung.

„Bist du du?", erwiderte sie.

Javier ging im Geiste ein paar Antworten durch, einige von ihnen knapp, andere wütend, ein paar albern.

Es war eine angebrachte Frage. Sie verlangte nach einer ehrlichen Antwort.

„Nah genug dran. Für den Moment", antwortete er.

Diese beiden Frauen hatten ihn mit seinen dunklen Seiten in Berührung gebracht. Es war nicht Wilhelminas Fehler. Sykora hatte damit begonnen, als sie sich vor fast einem Jahr begegnet waren. Wilhelmina, als sie das erste Mal in seinem Leben auftauchte, dann, als sie wieder zurückkehrte.

„Was machen wir jetzt?", fragte sie und sah das erste Mal, seit sie die *Storm Gauntlet* vor ein paar Tagen verlassen hatten, unsicher aus.

„Jetzt schlafen wir", sagte er, öffnete seine Knöpfe und zog das Wams aus. „Es wird eine lange Nacht mit ein paar Kerlen werden, die denken, dass sie zäher sind als alle anderen, und das dadurch beweisen wollen, dass sie die ganze Nacht wach bleiben und Kurze und Kühlflüssigkeit trinken."

„Wirklich?"

„Wirklich", sagte er, während er begann, seine Stiefel aufzuschnüren. „Nach einem Nickerchen gibt es dann mehr Essen, um den Alkohol zu neutralisieren."

„Was ist mit Djamila?", fragte sie ausweichend.

„Wir wissen nicht, wo sie sie festhalten“, antwortete er. „Oder wie wir sie dort herausbekommen sollen.“

Er verfiel in Schweigen, blickte auf und fixierte sie mit einem harten Blick.

„Noch nicht. Wir wissen allerdings, dass sie noch am Leben ist.“

„Bist du sicher?“

„Ja“, erwiderte Javier. „Wenn sie sie bereits getötet hätten, hätte er mir angeboten, mir Filmaufnahmen davon zu verkaufen.“

Sie machte einen Schritt zur Seite und sank beinahe im Kapitänssessel zusammen.

„Also marschieren wir dort hinein?“, fragte sie. „Einfach so?“

„Es sei denn, du weißt, wie man sich in ihre Sicherheitssysteme hackt und all die Informationen stiehlt, die wir brauchen“, erwiderte er, während er sich den Stiefel auszog.

„Und Tamaz wird darauf hereinfallen?“

Javier lächelte sie an. Es war ein brutales Lächeln. Sein Geist befand sich gerade an einem brutalen Ort.

„Wenn er es nicht tut“, sagte er, „sind wir tot.“

„Und du hast vor, in einem Moment wie diesem zu schlafen?“

Sein Lächeln wurde ein wenig betrübter.

„Wenn man bedenkt, wie lahm dein alter Kahn war, bin ich überrascht, dass du nicht mehr daran gewöhnt bist, zu schlafen, wann immer du die Gelegenheit dazu hast.“

„Das war etwas anderes“, erwiderte sie, zog ihre eigenen Stiefel aus und ballte ihre Zehen zusammen. „Das war Langeweile. Ich habe nie mein Leben riskiert.“

„Wilhelmina“, sagte er scharf. „Du hast dein Leben jedes Mal riskiert, wenn du in den Hyperraum gesprungen bist. Jedes Mal, wenn du aufgestanden bist. Vielleicht solltest dir bewusstmachen, wie riskant dieses Universum ist, und anfangen, aufmerksamer zu sein."

„Ich bin aufmerksam", feuerte sie zurück, während sich so etwas wie Panik in ihre Stimme schlich. „Aber vor dreihundert Jahren war ich Missionarin. Jetzt bin ich eine Meuchelmörderin. Und ich habe niemanden außer dir, um unsere Mission zu Ende zu bringen. Ich habe Angst."

Javier betrachtete die Frau, die dort saß.

In den letzten Stunden war sie nicht mehr gewesen als ein Möbelstück, das man hin und her manövrierte. Ein Kunstobjekt, das in der Lage war, sich zu bewegen. Er hatte sich wieder so tief in sich selbst verloren, dass er die Menschen um sich herum vergessen hatte.

Sie hatten Gefühle. Wünsche, Träume. Ängste.

Diese ganzen Jahre im tiefsten Weltraum, allein mit einem Haufen Hühner, hatten geholfen, die rauen Stellen ein wenig zu glätten, doch da waren immer noch ein paar Löcher. Landminen, auf die er gelegentlich trat. Mittlerweile weniger, doch immer noch vorhanden.

Mit Sykora im Krieg zu liegen hatte diese Probleme sowohl verschärft als auch ein wenig verschwinden lassen. Er hörte auf, sein Inneres zu betrachten, wenn er einen Feind hatte, der die Bezeichnung verdiente.

Nun hatte er Wilhelmina, die … was … war? Eine Freundin? Eine Kameradin? Eine Geliebte?

Alles davon. Nichts davon. Irgendetwas. Nichts.

Er stand auf und streckte eine Hand aus. Sie erhob sich ebenfalls und nahm sie stumm.

Javier bedachte die sich bietenden Möglichkeiten.

„Du hast mir dein Leben anvertraut", sagte er, spürte die Wärme ihrer Haut. „Sogar, als du es nicht wusstest."

Er war ihr nahe genug, um den unterschwelligen Duft nach Blumen in ihrem Parfüm zu riechen, das den Raum erfüllte.

Sie sah verwirrt zu ihm hinunter und nickte.

„Ich werde dasselbe tun", sagte er. „Es gibt ein Geheimnis, das mich das Leben kosten wird, wenn Sykora und Captain Sokolov es je herausfinden."

Er sah, wie ihre Augen ein wenig größer wurden, doch sie blieb stumm.

Javier lächelte. Diesmal war es ein warmes Lächeln. Vielleicht das erste seit Wochen. Monaten. Jahren. Leben.

„Bevor ich ein Sklave war", sagte er, „war ich ein Forscher, der für die *Concord*-Navy Erkundungen an den äußeren Rändern des zivilisierten und terrageformten Weltraums durchführte."

Aufmerksam betrachtete er ihr Gesicht. Sie hatte sich ein wenig zurückgezogen, war nicht so sehr entfernt als vielmehr verschlossen. Ihr erneutes Nicken war ein Platzhalter für die Zeit, in der er sprach.

„Mein Schiff war ein wunderbarer kleiner Sondierungskutter", fuhr er fort. „Er war aus dem *Concord*-Dienst ausgemustert worden und zum Abwracken vorgesehen. Ich habe ihn billig erstanden, repariert, aufgemöbelt, und habe die KI an Bord so umprogrammiert, dass sie wesentlich menschlicher und interessanter war, als sie das in der Flotte gewesen war."

Javier verspürte einen Stich des Leids und des Zorns in seinen Gedärmen, als er an sein verlorenes Sternenschiff, die *Mielikki* dachte. Daran, was er Zakhar Sokolov und Djamila Sykora schuldete. Er ließ sein Gefühl nicht offensichtlich werden. Durfte es nicht.

„Als Sokolovs Crew mich gefangen nahm", fuhr er fort, „sagte ich ihm, dass ich sämtliche Persönlichkeits- und Programmierungskreisläufe zerstört hätte. Ich habe gelogen."

Sie blinzelte überrascht. Offensichtlich hatte sie einen Teil der Geschichte zu irgendeinem Zeitpunkt gehört. Wahrscheinlich von Sykora.

Weite Ozeane an Gefühlen und Fragen spielten auf ihrem Gesicht, während sie absolut schweigsam blieb.

„Stattdessen“, sagte Javier, „habe ich sie in einem Eimer Hühnerfutter herausgeschmuggelt und sie dann in das Einzige eingesetzt, das mir zur Verfügung stand und ihrem alten Zuhause zumindest ein wenig glich.“

„Sie?“

Er deutete auf den autonomen Kurzstreckensensor, der dort auf dem Regal ruhte, wo er ihn abgelegt hatte, als er alle Upgrades installiert hatte, die er einbauen konnte, ohne ihr einen größeren Körper zu bauen.

„Wilhelmina Teague, ich möchte dir meinen früheren Ersten Maat, meine Kameradin bei der Erkundung, meiner Freundin vorstellen. Suvi, bitte sag Wilhelmina hallo.“

Auf dem Regalbrett schalteten sich Lichter ein und die sechzehn Zentimeter große, graue, grapefruitartige Kugel erhob sich mit dem leisesten aller Summen in die Luft.

Da er ihre Hand hielt, spürte Javier den plötzlichen Schub Adrenalin, als Wilhelminas Muskeln sich zusammenzogen.

Ihre Ära hatte KIs wie die heutigen nicht gekannt. Es hatte kluge Systeme gegeben, die extrem autonom und fähig waren, doch sie komponierten keine Musik. Oder schrieben Gedichte.

Sie träumten nicht.

„Doktor Teague“, sagte Suvi warm, „es ist mir eine Freude, Sie endlich kennenzulernen. Darauf habe ich schon so lange gewartet.“

TEIL SECHS

SIE WAR WIEDER HADIIYE.

Javier hatte erklärt, wie sie diese Identität wie ein ausgefeiltes und realistisches Kostüm tragen konnte, ohne ihr wahres Inneres zu zeigen, während sie die Rolle spielte.

Sie fragte sich, ob sie Javier je gesehen hatte, ohne dass er eine Rolle spielte. Sie nahm sich vor, Suvi irgendwann zu fragen, wenn er nicht dabei war.

Sevenoaks stellte sich als ein lauter Nachtclub heraus, der sich weit genug von den anderen beiden Etablissements entfernt befand, die sie mit Navarra besucht hatte. Es war kein hübscher Ort, angefüllt mit gut angezogenen Leuten, die sich in einem komplizierten Balzritual zur Schau stellten.

Nein, er war wesentlich rauer, voll mit den Besatzungen diverser Schiffe, die an der Station angedockt hatten. Das Verhältnis zwischen Männern und Frauen betrug vielleicht zwei oder drei zu eins, zuzüglich einiger offensichtlich ansässiger und professioneller „Unterhaltungskünstler", die hier etwa im Verhältnis von acht oder zehn zu eins aus Frauen bestanden.

Die erste Person, die ihr hier an den Hintern griff, würde ihre eigenen Zähne schlucken.

Sicherheitshalber setzte sie einen finsteren Gesichtsausdruck auf und folgte Navarra, als er sich langsam seinen Weg durch die Menge bahnte. Es war kein ausgewachsenes Gedränge wie beim Rugby, trotzdem kam es zu einem unvermeidlichen, wenn auch höflichen Herumgeschiebe. Ihre Größe und ihre abweisende Haltung halfen dabei, den Weg für sie frei zu machen.

Abseits der Tanzfläche wurde die Menge etwas dünner. Sevenoaks war nicht sonderlich riesig, doch der Platz darin war gut ausgenutzt mit einer Bar an jeder Seitenwand und einer Abfolge von vier ansteigenden Ebenen, die Stufen für Riesen glichen und zur Rückseite des Clubs hin anstiegen.

Dort oben konnte sie Nischen erkennen, die mit älteren Gästen besetzt waren, während die Jüngeren sich unten herumtrieben. Allem Anschein nach gab es hier ebenfalls eine Küche. Sie sah eine Reihe von Leuten, die zu Abend aßen oder zumindest Snacks verspeisten, die komplizierter waren als die Fertighäppchen in einer Bar.

Nicht, dass sie zu diesem Zeitpunkt auch nur noch einen weiteren Bissen herunterbekommen hätte. Aber Trinken war okay, besonders mit Männern, die sich noch nie mit einer Missionarin betrunken hatten. An manchen Orten gab es nicht viel mehr zu tun, als mit den Einheimischen zu trinken. Dabei wurde man gut darin, einen Stiefel zu vertragen.

Almássy, der Buchhalter, erhob sich in einer Nische in einer der hinteren Reihen über ihnen, als sie sich dem rückwärtigen Teil des Clubs näherten. Es gab hier keine Schranke, doch ein paar Schlägertypen in schwarzen Muskelshirts, die wie Rausschmeißer aussahen, stellten klar, wo der Bereich begann, den zu betreten man eine Einladung brauchte.

Die Tänzer und Gäste dabei zu beobachten, wie sie sich vor dieser Barriere bewegten, war wie Wellen zu betrachten, die an den Strand leckten, dessen sauberer, trockener Sand außer ihrer Reichweite blieb.

Navarra ging bis direkt zu den Rausschmeißern. Sie hielt sich anderthalb Schritte hinter und einen halben links von ihm, sodass sie über seine Schulter schauen und sich auf Ärger vorbereiten konnte.

Die Musik war zwar nicht so laut, aber sie sah, wie Navarra, anstatt zu reden, einem der Rausschmeißer stumm Zeichen gab, während Almássy sich näherte. Der Mann erhielt vom Buchhalter ein Nicken, erwiderte es und sie befanden sich auf dem trockenen Land.

Hier war es auch ruhiger. Wilhelmina hätte den architektonischen Entwurf bewundert, der der Decke und den tragenden Säulen zu Grunde lag, die sie vor dem Großteil des Lärms schützten. Hadiiye konzentrierte sich auf die Leute, die zum größten Teil dasaßen und sie ignorierten.

Die Menge hier war anders als sie gedacht hatte, doch nicht wirklich älter. Reifer. Vielleicht professioneller. Wesentlich gefährlicher. Das hier waren Kapitäne und höhere Offiziere von verschiedenen Schiffen, die sich mit Bankern und Hehlern vermischten, wenn man nach den Anzügen ging. Harte Männer und Frauen, die Geschäfte machten.

Hier hinten gab es keine Prostituierten.

Almássy schüttelte Navarra die Hand und ignorierte sie weitestgehend. Sie folgte den beiden Männern ein paar niedrige Stufen hinauf bis fast zur höchsten Ebene an der Rückwand des Clubs.

Von der Höhe ausgehend, schätzte sie, dass sich unter ihnen eine ganze Reihe von Zimmerfluchten oder Konferenzräumen befand, doch sie kannte den Ort nicht gut genug, um abschätzen zu können, ob es sich dabei um die

Kammern eines Bordells oder Konferenzräume für komplizierte private Geschäfte handelte.

Hadiiye war das wesentlich gleichgültiger, als es Wilhelmina gewesen wäre.

Sie wurden zu einer wie ein Hufeisen geschnittenen Nische auf der vierten Ebene geführt, von der aus man den besten Ausblick hatte. Sie erkannte Captain Tamaz von ihren vorherigen Treffen wieder, ebenso Adam Erckens, den Ersten Maat des Mannes.

Wilhelmina hatte zuvor nicht wirklich Zeit gehabt, Captain Tamaz eingehend zu studieren und hatte definitiv nicht den Details Aufmerksamkeit geschenkt, die Hadiiye nun benötigte.

Er war sogar im Sitzen groß. Sie schätzte, dass er sie um etwa einen Zentimeter überragen würde, wenn sie beide nur Socken trügen. Sein Haar war lang und zu einem Pferdeschwanz zusammengebunden. Darin befanden sich silberne Strähnen, die ihn distinguiert hätten aussehen lassen, wenn da nicht der brutale Mund und die scharfen Augen gewesen wären.

Captain Tamaz war glattrasiert, doch sie konnte bereits wieder einen dunklen Schimmer auf seinem Kinn erkennen. Dies hier war ein Mann, der sich wahrscheinlich zweimal am Tag rasieren musste.

Haarige Männer waren weder etwas für sie noch für Wilhelmina.

Erckens saß neben seinem Captain in der Nische aus schwarzem Leder. Wenn Tamaz der Kapitän eines Rugbyteams gewesen wäre – und das Aussehen dazu hatte er –, wäre Erckens der Muskelmann in der Mitte des Haufens gewesen. An diesem Mann war nichts Weiches, vom rotbraunen Bürstenhaarschnitt bis zu den vernarbten Händen, die auf dem Tisch ruhten.

Er hatte die Statur eines Mannes, der eine Menge Zeit

und Energie darauf verwendete, sich richtig zu ernähren, die richtigen Pharmaka zu nehmen und die nötigen Stunden im Fitnessstudio zu verbringen.

Fanatisch auf jede nur erdenklich falsche Art und Weise.

Hadiiyes Brüste schützten sie. Als sie sich näherte, schien keiner der drei Männer am Tisch zu bemerken, dass sie auch ein Gesicht besaß. Die einzelne Frau, die bei ihnen saß, sah sie genauer an, sagte aber nichts.

Sie war eine Fremde, gekleidet wie eine Bankerin, aber trotz allem in guter Form, wenn auch altersbedingt ein wenig kräftiger werdend. Hadiiye nahm an, dass sie eine gut erhaltene Fünfzigerin war. Sie konnte sehen, wie die Schönheit der älteren Frau langsam alterte wie die besten Weine, auch wenn sie kaum Makeup trug und ihr Haar auf eine Länge von vielleicht drei oder vier Millimeter geschoren hatte.

Ihre Augen allerdings … Sie besaßen die Intelligenz eines Alpha-Raubtiers, doch die Wärme eines Menschen, etwas, das den drei anwesenden Männern fehlte. Vier, Navarra eingeschlossen.

Tamaz nickte, hauptsächlich an Navarra gewandt.

„Captain Navarra“, sagte er vorsichtig mit einem halbformellen Nicken. Er erhob sich nicht, doch seine Körpersprache deutete dies diplomatisch an, während er ihnen bedeutete, sich ihnen zuzugesellen.

Dominanzspielchen. Zwei Springböcke, die kurz davorstanden, um die Vorherrschaft zu kämpfen. Einheimische Jungs, die nicht wussten, wie sie den Fremden einordnen sollten, aber bereit waren, sich erst einmal zu vertragen. Zumindest, bis er eine Schwäche zeigte. Haie, die geduldig warteten.

Wilhelmina war innerlich entsetzt, als Hadiiye ihre feingeschliffenen Fähigkeiten der Wahrnehmung so rücksichtslos anwendete.

Pech.

„Captain Tamaz“, erwiderte Navarra ebenso höflich.

Leiber rutschen herum, schufen Raum für Navarra, so dass er neben Almássy sitzen konnte, mit Erckens zwischen ihm und Tamaz.

Die Frau zog es vor, aus der Nische zu gleiten und zu stehen.

„Tamaz“, sagte die Bankerin, „ich werde meinen Bestand überprüfen und in ein, zwei Tagen mit Ihnen Kontakt aufnehmen. Ich bin mir sicher, wir werden uns handelseinig.“

Sie begutachtete Hadiiye aus nächster Nähe von oben bis unten, beinahe anderthalb Kopf kleiner, doch annähernd ebenso schwer.

Sie nickte mit einem kaum wahrnehmbaren Lächeln und ging ohne ein weiteres Wort.

Hadiiye hätte in die Nische hineinrutschen können, zog es jedoch vor, stehenzubleiben.

Bodyguards, zumindest professionelle, schränkten ihre Bewegungsfreiheit nicht ein, wie es diese Männer taten. Es würde ihr vermutlich sogar gelingen, Tamaz zu ermorden, wenn sie lebensmüde wäre. Um sie herum gab es genug Waffen, dass sie es nie lebend hier heraus schaffen würde.

Doch das war nicht nötig. Noch nicht.

Trotz des Lärms auf der Tanzfläche war es hier ruhig genug, um sich unterhalten zu können. Hadiiye nahm an, dass es ein lärmdämpfendes Feld gab, machte sich aber nicht die Mühe, danach zu suchen. Es würde verborgen sein, zusammen mit den versenkbaren Betäubungskanonentürmen, in die eine Bar wie diese hier sicher investiert hatte.

„Ich glaube nicht, dass wir uns schon einmal begegnet sind“, sagte Tamaz in einem Ton, den er wie einen Köder baumeln ließ.

Nützlich, wenn man ein Megalodon fangen wollte.

„Ich arbeite selten in diesem Sektor, Captain Tamaz", erwiderte Navarra. Nicht ausweichend, aber auch nicht besonders ausführlich. „Das hier ist ein spezieller Ausflug."

Mit seinem Lächeln hätte man Brot schneiden können.

„Und Ihr Interesse an dieser Frau?"

Navarras Lächeln wurde eisig.

„Ich schulde dieser Frau mehr Schmerz, als Sie sich auch nur ansatzweise vorstellen können", schnurrte Navarra.

„Beruflich", fragte Tamaz, „oder persönlich?"

„Oder?"

„Ich verstehe", sagte Tamaz lapidar. „Almássy sagte mir, Sie hätten um einen Platz in der ersten Reihe bei ihrer Hinrichtung gebeten."

„Sie hat mich so viel Geld gekostet", sagte Navarra, „dass ich es mir nicht leisten kann, sie Ihnen ganz abzukaufen."

„Oh ho, also ist es beruflich."

„Nein", entgegnete Navarra. „Mit Sokolov ist es beruflich. Mit ihr ist es sehr persönlich."

Eine einzelne angehobene Augenbraue stellte die offensichtliche Frage. Navarra nickte und erwärmte sich langsam für diesen Mann.

Hadiiye spannte ihren Körper an und fragte sich, ob dies der Punkt war, an dem die Dinge aus dem Ruder laufen würden oder ob Javier kurz davor stand, die Seiten zu wechseln.

Hatte er eine Seite?

„Sie haben mich ein sehr teures, maßgefertigtes Schiff gekostet."

„Ich erinnere mich nicht an Sie, Captain Navarra", sagte Tamaz fest. „Und das würde ich."

Es war an Navarra, eine Augenbraue zu heben.

„Sie haben mit Sokolov gedient? Mit Sykora?"

Sie beobachtete Tamaz, wie er sich zurücklehnte und

lächelte, beinahe vor Stolz platzte.

„Ich war der Direktor der *Storm Gauntlet*", verkündete der Mann. „Bevor ich mich vor fünf Jahren dazu entschied, mein Glück allein zu machen. Ihre Träume waren mir zu klein."

„Fünf Jahre?", fragte Navarra. „Dann haben meine Geldgeber keine Probleme mit Ihnen. Nur mit denen. Ihm, vor allem."

„Also sind Sie nicht wirklich allzu interessiert an der Frau?"

Hadiiye sah etwas in den Augen des Mannes. Sie war sich nicht ganz sicher, was es war. Wilhelmina hätte es vielleicht entgehen können. Ein anderer Mann würde es komplett übersehen haben.

Hadiiye war eine Frau. Eine harte, brutale, tödliche Frau. Bereit zur Gewalt und all die Männer als ihre Opfer betrachtend, während sie wartete. Doch immer noch eine Frau.

Da war etwas eigenartig Besitzergreifendes in der Art, wie der Mann sprach, in der Art, wie er lächelte. Etwas, das nicht zur Situation passte. Sowohl Javier als auch Navarra würden es übersehen.

Hadiiye entschloss sich, zu spielen.

„Sie könnten sie immer noch mir überlassen", sagte sie in langsamem, gedehntem Ton, gerade laut genug, um gehört zu werden, gerade kalt genug, um einen sehr schmerzhaften Gesichtspunkt deutlich zu machen.

Alle Köpfe drehten sich zu ihr. Augen trafen das erste Mal die ihren, ohne an ihrer Vorderseite hinunterzuwandern.

Sie war gerade zu einer Person anstelle eines Objekts geworden.

Die Spannung verlagerte sich, strömte zur Seite. Navarra blickte finster drein, dachte nach, grinste. *Gut.*

Tamaz betrachtete sie aufmerksam. Seine Augen nahmen

sie ganz in sich auf, von den hochhackigen Kampfstiefeln über die bronzeberingte Kluft, die die Schatten ihrer Brüste zeigte, wenn sie atmete, bis zu den langen, langen Armen, die in blutroten Nägeln endeten.

Sie lächelte ihn katzengleich an, sah, wie er sich unbewusst die Lippen leckte. *Besser.*

„Interessant", sagte Tamaz.

Entweder war er ein besserer Pokerspieler als Javier, oder er hatte ihr gerade die Identität von Hadiiye abgekauft.

Sie fragte sich, ob sowohl Javier als auch Navarra begriffen, wie sehr Tamaz in Djamila Sykora verliebt war.

„Nachdem ich mit Sykora zu tun hatte", sagte Navarra in die Stille hinein, „bin ich losgezogen und habe mir meine eigene Version von ihr besorgt."

„Ist sie genauso gut?" Erckens meldete sich plötzlich zu Wort, nachdem er bisher stumm geblieben war. Er sprach mit Tenorstimme. Sie hätte angenehm sein können, wenn sie nicht so vor Anzüglichkeit und Lust wie die eines Mitglieds einer Studentenverbindung getrieft hätte.

„Vielleicht", sagte Navarra. „Bisher hat sie jeden getötet, von dem ich es wollte."

Vielleicht, Navarra? Du glaubst nicht, dass Hadiiye es mit Sykora aufnehmen könnte?

Wilhelmina meldete sich in ihrer ruhigen Ecke zu Wort, zeigte ihr eine Erinnerung an Djamila, wie sie trainierte. Wogende Muskeln, wenn sie schwere Gewichte stemmte, Handstände am Schott machte, die Sparringpuppe malträtierte, die Wilhelmina für sie hielt.

Nein, vielleicht nicht. Ihr drei aber wärt Hackfleisch.

Hadiiye begnügte sich mit einem raubtierhaften Lächeln. Eine große Katze.

Sie *hatte* jeden getötet, von dem Navarra es gewollt hatte. Bisher war das noch niemand, doch vielleicht würde er verlangen, dass Tamaz und die anderen beiden die ersten würden. Das würde ihr nach ihren Erfahrungen mit diesen Männern, von denen sie weder Javier oder Djamila je erzählen würde, gefallen.

„Sykora zu töten ist nicht wirklich nötig“, schnurrte Tamaz.

Wieder diese weiche Unterton. Wilhelmina, die Hirtin des Worts, meldete sich zu Wort, bot all die Erfahrung einer Doktorin der menschlichen Psychologie an. Die hilfreich auf den Ausdruck in den Augen, die Haltung, die Art, wie die Lippen das Lächeln hielten, hinwies.

Er würde sie nicht töten, aber er würde sie auch nie gehen lassen. Er würde Sykora brechen. Sie zerschmettern. Es ihr unmöglich machen, ihm gegenüber nein zu sagen.

Das wäre genug. Im Hinblick auf Sykora war Tamaz ein Mann, dessen Glas halb voll war. Nicht nur eine simple Eroberung, doch willentliche Akzeptanz. Etwas, das Djamila ihm niemals freiwillig geben würde.

Es gab keine gefährlichere Kreatur auf der Welt, als einen verschmähten Liebhaber, der seine Rache plante.

Wilhelmina wunderte sich über Javiers Haltung. Sie war anders, aber nicht anders genug. Das Gegenteil von Liebe ist Apathie, nicht Hass. Javier war hier nicht apathisch.

Navarra beobachtete Tamaz und die anderen für eine Sekunde. Er nickte, hauptsächlich wie zu sich selbst.

„In diesem Fall, Gentlemen“, sagte Navarra, „kommen wir wahrscheinlich nicht ins Geschäft. Ich entschuldige mich dafür, dass wir Ihren Abend unterbrochen haben.“

Er begann, sich aus der Nische zu schieben, doch Tamaz hielt ihn auf.

„Tatsächlich, Captain Navarra“, begann er wesentlich höflicher, „können wir das vielleicht doch tun. Sokolov sollte in ein paar Tagen hier auftauchen. Wir können im Zusammenhang mit seinem Tod sicher ein glückliches gemeinsames Interesse finden.“

Geschickt ließ er den Köder baumeln.

Hadiiye betrachtete die Gefühle, die über Navarras Gesicht spielten. Sie kannte Javier gut genug vom Pokerspielen, um einzuordnen, wie viele davon falsch waren. Hass. Hoffnung. Rache.

Navarra legte den Kopf schief.

„Sokolov kommt, um sie zu retten?“, fragte er. Seine Stimme troff vor Vorfreude. Sein Lächeln gewann einige Grad an Wärme.

„Ich habe eine Botin losgeschickt, um ihn anzulocken“, erwiderte Tamaz. „Sie hatte ein langsames Schiff, also haben wir ein wenig Zeit, um uns vorzubereiten.“

„Sie?“

„Eine von Sykoras Crew. Sie wird nach Hause flitzen und fraglos die Kavallerie mitbringen, als wären wir in einem langweiligen Melodrama. Sie werden mit einer Falle rechnen. Ich werde ihnen eine stellen, der sie entkommen können. Sie werden Sykora retten. Ich werde sie benutzen, um sie alle zu töten.“

Tamaz benahm sich schon wieder wie ein Gockel. In diesem Moment sah er so aus, als könne er kein Wässerchen trüben.

Navarra streckte eine Hand aus und ergriff ein Weinglas, das vor der Bankerin gestanden hatte. Er macht ein großes Brimborium daraus, Tamaz damit zuzuprosten.

„Auf die Rache“, sagte Navarra ernst.

Die anderen beeilten sich, ihre Gläser zu packen und unbeholfen damit anzustoßen. „Auf die Rache.“

Hadiiye taxierte Tamaz und seine Crew erwartungsvoll. Sie mochten Sykora haben, doch sie stießen mit Javier Aritza auf ihre Vergeltung an, selbst wenn er die Rolle des Captain Navarra spielte.

Wer war hier zum Scheitern verurteilt?

BUCH SIEBEN: DJAMILA

TEIL EINS

Es war nicht die *Mielikki*, doch es war immer noch besser als dieser autonome Kurzstreckensensor, in dem Javier sie versteckt hatte, als die Piraten sie ursprünglich gefangengenommen hatten. Hier drin konnte ein Mädchen die Beine ausstrecken.

Suvi beendete die Bestandsaufnahme ihres aufgerüsteten Pakets an Spielzeugen. Der neue ferngelenkte Sensor hatte eine dreiundachtzig Prozent schnellere Prozessorleistung und einen annähernd dreiundvierzig Mal größeren Festspeicher. Javier hatte sogar eine ganze Filmbibliothek mit neuen Filmen und Musicals eingerichtet, die sie sich ansehen konnte, wenn sie Zeit hatte.

Die Hülle war ebenfalls verstärkt worden. Nachdem sie sich ihre Eierschale angeknackst hatte, weil sie damals diesen Bösewicht getötet hatte, war der Körper des Fernstreckensensors nicht mehr der Alte gewesen. Sie konnte das kompensieren, doch es war nervig. Die neue Schale war wesentlich härter, mit einer Lage aus dunkelblauem Schiffsrumpfmetall, die mit fast einem Zentimeter aus gutem, doppelt in Tuch gewickelten Sprühschaum unterlegt war. Sie war jetzt hurrikansicher, nicht mehr nur regensicher. Größere Batterien, größeres Aufstiegspotential, verbesserte Sensoren.

Das war es fast wert gewesen.

Trotzdem vermisste sie ein Raumschiff. Sie würde Javier überzeugen müssen, ihr bald ein Schiff zu kaufen, die Hardware auf den neuesten Stand zu bringen, und ihre Seele dort hineinzustecken. Oh wie schön es wäre, den Solarwind wieder im Gesicht zu spüren.

Zumindest hatte sie endlich Dr. Teague kennengelernt. Herauszufinden, dass Javier ihre komplette Belohnung für den Einsatz im Minenfeld über *A'Nacia* dieser Frau gegeben, dass er Jahre zu ihrer Verdammung zur Leibeigenschaft hinzugefügt hatte, hatte weh getan. Sie war absolut bereit gewesen, die Frau zu hassen, besonders nachdem sie herausgefunden hatte, dass sie ihre Hilfe bei der Rettung der großen, gemeinen Dragoerin Sykora wollte.

Ich meine, mal ehrlich, manche Leute haben wirklich Nerven.

Doch Wilhelmina hatte sich als ein guter Mensch herausgestellt. Wirklich nett. Wahrscheinlich gut für Javier auf Arten, die Suvi nicht möglich waren, es sei denn, dass sie ihr einen Androidenkörper mit großen Möpsen bauten.

Pygmalion sei verflucht. Ein Mädchen konnte doch träumen.

Abendessen und Gespräche und Geschichten und Pläne plus eine Menge Essen. Javier vertraute Wilhelmina offenbar mit seinem Leben, also musste sie eine von den Guten sein. Und wirklich nett.

Und jetzt eine Kostümparty. Nun ja, für die Organischen. Obwohl, nein, auch für sie. Niemand würde bemerken, dass der kleine Fernsensor eine Person enthielt.

Und andere Überraschungen.

Suvi schraubte ihre Aufmerksamkeit wieder auf die neuen Einträge in ihrer Enzyklopädie herunter, die den Titel *Q-Sektion* trugen. Javier hatte ein paar neue Fähigkeiten hinzugefügt, als er den Rumpf des neuen Fernstreckensensors auf den neuesten Stand gebracht hatte. Es war nicht ihr alter Pulsar-Zwillingsturm auf dem Rücken der *Mielikki*, doch sie konnte immer noch einen Elch mit dem kleinen ausfahrbaren Pulsarturm erlegen, den sie nun besaß.

Gab es überhaupt Elche im Weltraum?

Suvi machte sich eine mentale Notiz, ihre Xenobiologie- und Verbreitungsgeschichte zu aktualisieren, um nach Programmen zur Einbürgerung von großen Paarhufern auf terrageformten Planeten zu suchen. Oder um alternativ bioäquivalente Kreaturen auf nicht-geimpften Welten zu lokalisieren. Man konnte nie wissen, wann man diese Art Information dringend benötigte.

Ein *Q-Schiff.* Ein sehr langweilig aussehender Frachter in einem Kriegsgebiet, der fröhlich vor sich hinsegelte, um als Köder für feindliche Plünderer zu dienen. Bewaffnet und gepanzert, doch das nur versteckt. Darauf vorbereitet, eine Menge Schäden wegzustecken. All dass, um den armen Bastard zu versenken, der dachte, der Frachter wäre nicht mehr als die Summe seiner Teile.

Suvi stellte sich vor, wie sie ein glückliches Tänzchen hinlegte, bevor sie – zumindest im Geiste – in den Flugsitz ihres kleinen Flitzeschiffchens kletterte und die Startsequenz begann, um ihren kleinen Angriffsfrachter Online zu bringen.

Scanner: aktiv. Zur Zeit verfolgten sie nur ein Ziel: Javier, derzeit als Captain Navarra verkleidet und mit einem kleinen Transmitter in seiner Gürtelschnalle versehen, von der nicht einmal Wilhelmina/Hadiiye etwas wusste.

Flugsysteme: liefen sich warm. Ich kann einen Geparden abhängen. Und einen Saluki beim Marathon besiegen. Und höher als ein Riesenseeadler fliegen.

Fürchtet mich, ich bin die Großartigkeit selbst.

Batterien: neunundneunzig Komma drei Prozent. Ohne Solarkraft in der Nähe, mit der man sie wieder aufladen könnte, daher werde ich mich auf die üblichen Innenneonlichter verlassen. Geschätzte neunzehn Tage bis zur kritischen Entladung, zwei, falls ich die Geschütze oder etwas Ähnliches benutze. Gehe von Ärger aus.

Sie machte sich eine weitere geistige Notiz, Javier den Bananenstecker näher an ihrem Greifarm positionieren zu lassen, so dass sie eine Netzsteckdose finden und sich auf einhundert Prozent aufladen konnte, ohne von ihm abhängig zu sein.

Die Kavallerie muss in der Lage sein, zu tun, was die Kavallerie tun muss verdammt.

PING!!!

Suvi ließ beinahe ihren Eistee fallen. Nun, zumindest stellte sie sich einen in ihrer Hand vor, so dass sie ihn fast fallenlassen konnte. Dann fügte sie einen Becherhalter auf ihre Konsole hinzu, der das neue Glas halten konnte, und beendete die Startsequenz. Javier würde diesen Knopf nur drücken, wenn er soweit wäre, dass sie ihnen in den Unterschlupf des Bösewichts folgen sollte. Und da Wilhelmina/Hadiiye nichts davon wusste, bedeutete das, dass Suvi angerannt kommen müsste.

Sie erhob sich von der Bank, orientierte sich mit einem letzten Abscannen des Inneren des kleinen Flitzers und flog mit ihrer Nase vorsichtig gegen den Kontrollknopf der Luftschleuse.

Sie benötigte ein Signalhorn. Nun ja, ein Soundsystem, um ein Signalhorn abzuspielen.

Die Kavallerie muss in der Lage sein, zu tun, was die Kavallerie tun muss.

Sie fügte es zu ihrer Liste hinzu.

Nach dieser Sache wird er ohnehin ganz schön in meiner Schuld stehen.

TEIL ZWEI

Hadiiye staunte darüber, wie viel Alkohol die drei Männer in sich hineinschütten konnten, während sie und der Buchhalter zusahen. Es war atemberaubend. Sieben leere Flaschen des harten Gesöffs standen sorgfältig aufgereiht am Rand des Tisches. Tote Soldaten, die auf eine ordentliche Beerdigung warteten.

Ungefähr nach der Hälfte der Darbietung hatte jemand beschlossen, einen Halsabschneider abzustellen, um über Captain Tamaz zu wachen, während er sich sehr, sehr mit seinem neuen Freund Navarra betrank. Hadiiye behielt den Neuankömmling im Auge, genau wie er es mit ihr tat.

Die reinste Versicherungspolice.

Der neue Typ, der Bodyguard/Rausschmeißer, war einer der größten Menschen, der Wilhelmina jemals unter die Augen gekommen war. Dunkelbraunes Haar, nussbraune Haut, beinahe schwarze Augen. Er wäre gut einen halben Kopf größer als Sykora gewesen, wäre sie hier gewesen, und wog zwischen fünfundzwanzig bis dreißig Kilogramm mehr als diese. Wilhelmina war noch erstaunter, wenn der Mann sich bewegte.

Es war ganz klar, dass der Mann irgendwann Balletttanzen gelernt hatte. Er war zu groß, um etwas zu taugen, doch sie konnte sich keine einzige Kampfsportart, die sie auf all den Welten gelernt hatte, die sie besucht hatte, vorstellen, die einem eine derart perfekte Haltung und Zentrierung des Körpers in der Bewegung beibrachte. Außerdem fiel ihr auf, wie sich seine Hände und Füße bewegten.

Diese Fähigkeiten waren damals, vor Jahrhunderten, einer achtjährigen Version ihrer selbst eingehämmert worden.

Also ein trainierter Tänzer, der sich wie ein Jaguar bewegte. Schwielen an der Hand vom wiederholten Einschlagen auf Dinge. Auf kurze Distanz wäre er mörderisch. Also Abstand halten und ihn stattdessen erschießen.

Er sah aus wie ein Kerl, der Bretter und Köpfe zerschmetterte.

Hadiiye fragte sich, ob er je eine der Aikido und Judo nachfolgenden Künste gelernt hatte. Sie lächelte im Stillen.

Es gibt mehr als einen Weg, einer Katze das Fell über die Ohren zu ziehen.

Nach außen hin hielten sie und der neue Typ eine höfliche Fassade aufrecht. Sie war hier, um Navarra zu beschützen. Er tat das Gleiche für Tamaz und Erckens. Alle drei nahmen nichts wahr, tranken, prosteten sich zu und hauten auf den Putz.

Oh, die furchtbaren Lügen, die sich Männer erzählten, wenn sie betrunken waren.

In vino, veritas. So hieß es doch.

Nur Almássy, der Buchhalter, war relativ nüchtern und hielt grob mit den restlichen Männern beim Flaschenvernichten Schritt.

„Nein", lallte Captain Tamaz laut, „ich bestehe darauf. Danach werden Sie mir glauben."

Hadiiye hatte keine Ahnung, wovon die Männer redeten.

Sie war hauptsächlich damit beschäftigt gewesen, die Männer auszublenden und den Raum zu beobachten. Navarra war zu umsichtig, um hier irgendetwas zu versuchen. Doch plötzlich waren alle in Bewegung, schoben sich aus der Nische und standen schwankend auf.

„Kommen Sie, mein Freund", fuhr Tamaz fort. „Sie werden schon sehen. Sie sind alle verdammt. VERDAMMT!"

Die Betrunkenen verfielen in eine Symphonie aus Jubeln und Kichern. Sogar unter normalen Umständen, falls es so etwas auf einer Piraten-Raumstation gab, war das eigenartig.

Man kann einen Piraten daran erkennen, wie gut er läuft, wenn er sich bis zum Rand abgefüllt hat. Tamaz sah in diesem Moment aus wie jemand, der auf einem Hochseil zwischen zwei Gebäuden balanciert. Die Schotten schienen perfekt und absolut wasserdicht gemacht worden zu sein, als er die Stufen hinuntermarschierte und dem Rest der Gruppe, die hinter ihm ging, einen Blick über die Schulter zuwarf.

Javiers Bewegungen waren wesentlich flüssiger und entspannter. Hadiiye schrieb das all dem Essen zu, das sie zuvor zu sich genommen hatten. Sie fragte sich, ob den anderen auffallen würde, wie nüchtern er war.

Hadiiye nahm Augenkontakt zu dem stattlichen Rausschmeißer auf und bedeutete ihm schweigend, dass er vorne und sie hinten gehen sollte. Er dachte für einen Moment darüber nach, zuckte die Achseln und setzte sich in Bewegung. Zu diesem Zeitpunkt gab es einfach keine gute Entscheidung. Sie war ganz offensichtlich eine Fremde und würde daher an jeder Ecke auf Widerstand stoßen, wohingegen er sie problemlos hindurchmanövrieren konnte. Sie war nur einfach dabei.

Nun musste sie nur noch herausfinden, wohin sie sie bringen würden.

TEIL DREI

Tief in seinem Inneren, wo es niemand sehen konnte, lächelte Javier.

Captain Navarra war ein glücklicher, fröhlicher Betrunkener, der anderen zuprostete, Witze erzählte und die anderen zu Dummheiten anstiftete, wie es alle besten Freunde taten, die sich frisch in einer Bar kennenlernten. Das Leben war immer eine Party.

Aber mal ehrlich ... wenn du nicht drei Tage später in einem anderen Landkreis aufwachst und die Hose von jemand anderem trägst, spielst du nur in der Kreisliga. Bonuspunkte gibt es, wenn du zu diesem Zeitpunkt den Hut der Küstenstreife trägst.

Es war eine Schande, dass er diese Hüte nie behalten durfte. Alles in allem wäre es eine beeindruckende Sammlung gewesen.

Doch er war hier, um einen Job zu erledigen. Ein hässliches, schlecht geplantes Ding, doch eines, für das er ausnahmslos gut geeignet war. Schließlich würde es eventuell beinhalten, dass diese verrückte Amazonenschlampe am Ende tot war und er keine Schuld daran hatte.

Wie viel besser konnte es noch werden?

„Aber wie haben Sie es geschafft, dass sie ruhig bleibt?“, fragte Navarra. Beziehungsweise lallte es. Es war ein feuchtes, unschönes Geräusch, doch alle Betrunkenen haben die gleiche schlampige Ausdrucksweise, wenn sie richtig einen im Tee haben. Für sie klingt es allerdings vermutlich nach Shakespeare.

„Pah, sie ist eine Schmusekatze“, grölte Tamaz zurück, während er einen weiteren Kurzen aus irgendetwas Rosafarbenem kippte und dann das bruchsichere Glas auf den Tisch hämmerte. „Und ich werde sie dazu benutzen, den Rest von ihnen umzubringen.“

„Wirklich, Abraam“, erwiderte Navarra mit der völligen Ernsthaftigkeit, die nur ein Betrunkener an den Tag legen kann. „Eine Schmusekatze?“

„Kommen Sie, mein Freund“, fuhr Tamaz fort. „Sie werden schon sehen. Sie sind alle verdammt. VERDAMMT!“

Navarra nickte, während Tamaz sich in Bewegung setzte.

Es ergab durchaus Sinn. Tamaz wollte Gassi gehen. Wir werden Gassi gehen.

Alle drei Betrunkenen schafften es in die Vertikale. Der Buchhalter war da. Das Killer-Babe war da.

Und wer bist du?

Navarra sah nun jemand Neuen, ungefähr von der Mitte des Brustkastens des anderen Typen an aufwärts. Definitiv ein Er. Brustmuskeln, aber keine Titten.

Er lehnte sich zurück, verrenkte sich den Hals, um das Gesicht des anderen Mannes zu sehen, das irgendwo da oben war, und fiel beinahe nach hinten. Eine Hand, eigentlich eine gigantische Pranke, schoss hervor und fing ihn locker an der Front seines Wamses ab, hielt ihn problemlos fest, richtete ihn vorsichtig wieder auf.

Navarra machte einen Schritt nach hinten und verneigte

sich in einer perfekten höfischen Verbeugung. Die Benimmklassen waren nicht verschwendet gewesen. Er hatte das sogar drauf, wenn er sturzbetrunken war.

Oder vortäuschte, sturzbetrunken zu sein, wie er es nun tat.

Mitten in der Bewegung, verborgen von bewegten Körperteilen und Hinterköpfen, drückte Navarra auf einen kleinen Knopf, der auf der Innenseite seiner Gürtelschnalle verborgen war. Javier lächelte.

Ein leises Ping für die Menschheit.

„Danke, verehrter Herr", lallte er etwas lauter als nötig und stolperte dann hinter Tamaz und Erckens her.

Verdammt. Dieser Kerl war groß. Und schnell. Und sah auch schlau aus. Was für ein Glück, dass dies nur der Aufklärungsteil dieses Ausflugs war. Man würde vermutlich irgendeine Form von schwerer Artillerie brauchen, um ihn auszuschalten. Oder einfach die ganze Sektion aufsprengen und zum Vakuum öffnen müssen. Den Typen zu einem Raumdrachen machen oder sowas.

Doch in diesem Moment, freuten sich sowohl Navarra als auch Javier bloß darauf, Sykora wiederzusehen.

DIE FÜSSE FANDEN den Weg von selbst, da sie ihn so oft gelaufen waren, dass der Geist sich auf andere Dinge konzentrieren konnte. Abraam Tamaz spürte, wie die Freude absoluter Macht ihn überschwemmte, während er zu seiner Geliebten ging, die auf ihn wartete wie ein Singvogel in einem goldenen Käfig.

Und Fallen, Fallen innerhalb von Fallen. Verderben innerhalb von Spiralen der Zerstörung.

Tamaz traute diesem Captain Navarra nicht. Das Timing war einfach zu perfekt. Ein hilfsbereiter Fremder erscheint gerade, als die großartige Falle für Sokolov bereit ist, zuzuschnappen?

Wie groß waren die Chancen, dass die Schicksalsgöttinnen so hervorragend auf seiner Seite zusammenarbeiteten? So sehr hatten sie ihn noch nie zuvor begünstigt.

Daher Fallen innerhalb von Fallen.

Tamaz lächelte zu Morghan, seinem persönlichen Kodiak-Bären, hinauf, während sie durch eine weitere Reihe von Luken gingen und sich dem Rand der Station näherten. Mit diesem Mann in seiner Nähe, konnte er so betrunken und entspannt sein, wie er wollte. Absolute Loyalität. Unfassbare Wildheit. Absolute Nüchternheit. Navarra mochte eine Killerin mitgebracht haben, zumindest sah die Frau so aus, doch niemand konnte sich Morghan widersetzen.

Entlang des langen Ganges, der ein klein wenig gekrümmt war, wurde die Hauptzugangsluke für das Personal des Schiffs sichtbar, die aufmerksam von zwei Mitgliedern seiner Crew bewacht wurde. Tamaz lächelte innerlich.

Das war Macht. Genau hier. Die Besatzung im Dienst, anstatt betrunken auf dem Arsch zu sitzen wie ihr Captain.

Tamaz trat zur Seite und bedeutete seinem neuen Freund, voranzugehen.

„Ich darf vorstellen: das Raumschiff *Salekhard*“, verkündete er großartig, wohl wissend, dass der Name ihnen nichts bedeuten würde.

Wie viele Menschen würden schließlich den Namen eines alten Gefangenenlagers des russischen Zarenreichs für Verbannte in der Wildnis des heimatweltlichen Sibiriens erkennen? Oder vermuten, wie angebracht dieser war …

Durch die zweifachen Luftschleusen hindurch und auf sein Schiff. Tamaz ertappte sich dabei, wie er gegen die Frau rempelte, die Navarra mitgebracht hatte, während sie darauf warteten, dass die Luftschleusentore sich drehten. Er widerstand dem Drang, die Hand auszustrecken und eine ihrer Brüste zu streicheln.

Sie waren ziemlich reizvoll.

Er war der Captain, dies war sein Schiff. Doch es wäre unverschämt gewesen. Besonders, wenn Navarra wirklich ein möglicher Verbündeter gegen Sokolov wäre und kein Spitzel oder Spion. Er konnte den Mann immer noch töten und die Frau später haben, wenn sich diese Notwendigkeit ergab.

Er begnügte sich damit, ihr Parfüm tief einzuatmen. Sykora trug nie Parfüm. Die alte Sykora. Wer weiß, wozu er sie bringen konnte, wenn ihm erst einmal ihr Körper und ihr Geist gehörten.

Wenn sie nur noch existieren würde, um ihn zu erfreuen.

Der Gedanke war berauschender als jede Droge es sein könnte.

Er wandte sich um, um sie tiefer ins Schiff hineinzuführen, wobei er zufällig, absolut über alles herrschend, an einer warmen, vollen Brust entlangstrich.

Hadiiye war von der Situation leicht verwirrt. Wilhelmina wollte ihm die Augen aus den Höhlen quetschen. Doch Hadiiye war von diesem Mann oder seinem Ersten Maat auch noch nicht berührt worden.

Vergewaltigung war eine Frage des Spektrums, nicht eines bestimmten Punkts. Sie waren im Allgemeinen im Bereich des Gefühls geblieben, wobei sie sie genug betatscht hatten, um ihre Position klarzumachen ohne jemals wirklich körperliche übergriffig geworden zu sein.

Die Psychologin in Wilhelmina fragte sich, ob sowohl Tamaz als auch Erckens Frauen überhaupt mochten oder stattdessen kleine Mädchen und Jungen brauchten, um erregt zu werden. Sie waren von der Situation definitiv erregt worden, doch Vergewaltigung war ein Verbrechen, bei dem es um Macht ging, nicht um Leidenschaft.

Wilhelmina hatte es einfach nicht zugelassen, dass sie Macht über sie erlangten.

Hadiiye war trotzdem willens, sie dafür mit einem stumpfen Löffel zu kastrieren. Es würde zur Verbesserung der Spezies beitragen, sie daran zu hindern, sich fortzupflanzen.

Besonders wenn Tamaz diesen bestimmten Ausdruck in den Augen bekam.

Eine seiner Hände zuckte, als wolle er ihr unter den Rock greifen. Hadiiye würde es in Anbetracht der Situation, des Orts, der Gesellschaft vielleicht sogar zulassen.

Oder sie würde eine Klinge ziehen und sie direkt unter seinem Augapfel gegen seine Wange drücken, um seine Aufmerksamkeit zu erlangen. Sie schuldete keinem Mann etwas. Nichts, außer Schmerz und einem langsamen, schleichenden Tod.

Sie lächelte Tamaz an, als er es sich anders überlegte. Sie ertrug die Verletzung ihres persönlichen Bereichs sogar mit einem leichten Lächeln, als er sich vorbeugte und ihren Duft einatmete. Die Art, wie seine Augen halb geschlossen nach hinten rollten, war faszinierend.

Er dachte jedenfalls bestimmt nicht an sie.

Etwas, das man im Kopf behalten sollte.

Während sie über ihre Decks stampften, erwies sich die *Salekhard* als mittelgroßer Frachter. Ihr Schiffsrumpf war mehr auf Dauer ausgelegt als solche aus ihrer Zeit, doch fünf Jahrhunderte Fortschritt in Sachen Technologie und Metallurgie wirkten sich halt aus.

Die Besatzung war größer als ein Frachter dieser Größe sie normalerweise an Bord hatte, doch das hatte sie erwartet. Das hier war schließlich ein Piratenschiff. Stell dich tot wie eine Beutelratte, bis jemand dir nahe kommt, und verwandele dich dann in einen Wolf im Schafspelz.

Ihre jüngsten Studien bezüglich der Verbesserung von Sprungantrieben und Lebenserhaltungssystemen ergaben, dass eine Crew von zwanzig bis dreißig auf einem Schiff dieser Größe normal wäre. Sie hatte bisher bereits die doppelte Anzahl erblickt, und das nur in der Zeit, in der sie geradeaus drei Decks hinaufgegangen waren.

Sie würden sich auf keinen Fall ihren Weg hier hineinschießen, wenn sie Djamila retten wollten. Hadiiye war geduldig. Navarra würde einen Plan haben.

Die Gruppe blieb vor einer geschlossenen Luke stehen. Es war wie in diesen Momenten, wenn die Gezeiten wechselten und das Wasser in einer Bucht zum Stillstand kam, kurz bevor es sich zurückzuziehen begann. Sie vermisste den Geruch von Dundee.

Tamaz schenkte ihr sein warmes, betrunkenes Lächeln, so als trüge er einen Kanarienvogel im Mund, zumindest metaphorisch gesprochen.

„Und nun, meine Freunde“, sagte er, seine beste Aussprache aus den Tiefen seiner Trunkenheit bemühend, „nun werden Sie die Macht sehen, die ich ausübe. Die Pracht. Ich präsentiere Ihnen die Dragonerin Sykora.“

Er drehte sich und drückte den Knopf, damit die Luke in der Wand verschwand.

Hadiiye war die Letzte, die den kleinen Raum betrat, der von fünf anderen Körpern verstopft wurde, die um den Tisch herumstanden.

Nein, sechs. Ein eigenartiger kleiner Mann, hineingestopft in eine Ecke, zog sich vor den Killern, die ihn umgaben, zurück, als würden sie säuerlich riechen. Sie schnüffelte. Nichts als der Geruch von großen Männern und ihr Parfüm.

So oder so, wahrscheinlich machte nichts davon den kleinen Mann an.

Sie schoben sich herum, fanden einen Ruhepunkt. Noch einmal wirbelnde, strudelnde Gezeiten.

Auf ihren hohen Absätzen war Hadiiye, abgesehen von dem riesigen Kerl, größer als alle anderen im Raum, daher konnte sie über ihre Schultern blicken und musste sich nicht nach vorne drängen.

Hadiiye unterdrückte ein Keuchen, jede emotionale Reaktion, jedes Zeichen, das andeuten könnte, dass sie mehr oder weniger war, als sie vorgab zu sein. Sie waren an einem Punkt angelangt, der über Leben und Tod entschied.

Djamila.

Die Dragonerin war nackt auf eine modifizierte Krankenhaustrage gefesselt. Oder eher gebunden. Von jemandem bewegungsunfähig gemacht worden, der seinen Job sehr ernst nahm und nicht nur seine Kinbakuknoten an einer sehr langen Frau ausprobieren wollte.

Und überall diese Drähte. Jede Nervengruppe, abgesehen von der zwischen ihren Beinen, schien einen elektrischen Schlag zu erhalten.

Also Schmerz, doch zu keinem Zeitpunkt Lust. Das war so ungefähr das, was sie von diesen Männern erwartet hatte. Brutalität, doch kein Verständnis dafür, wie eine Frau tickte. Besonders eine wie Djamila.

Volltrottel.

Nicht, dass sie dabei geholfen hätte, ihren Mangel an Verständnis zu korrigieren, doch es bot eindeutig Munition für das, was sie für sie geplant hatte.

Brennende Zigaretten und Bolzenschneider kamen ihr in den Sinn.

Hadiiye trat zurück. Sie hatte gesehen, was sie sehen musste. Ihre Aufgabe war es, Navarra zu bewachen und seine

Sicherheit zu gewährleisten, besonders hier, in den Tiefen der Hölle.

Navarra trat näher an Djamila heran, lehnte sich über sie, wurde sehr, sehr still. Von dort, wo er war, konnte er wahrscheinlich ihren Schweiß riechen.

„Sehen Sie, Captain Navarra“, brüstete sich Tamaz. „Es ist mir gelungen, was niemand zuvor geschafft hat. Die Frau gehört mir.“

Sie sah, wie Navarras Kopf sich zu Tamaz drehte, sein Gesichtsausdruck undeutbar und undurchdringlich.

„Würden Sie ihr gerne hallo sagen?“, fragte Tamaz unschuldig.

Hadiiye spürte, wie der sie umgebende Raum abkühlte. Auf einmal begriff sie, warum Tamaz sie so selbstverständlich in seinen Unterschlupf eingeladen hatte, damit sie seine Beute betrachten konnten.

Es war eine Falle.

Eine wirklich meisterhafte. Bring sie hierher, wo sie nicht entkommen konnten. Wecke Djamila aus ihrem gepeinigten Zustand, präsentiere ihr die Fremden, beobachte ihre Reaktion, bevor sie sich wieder im Griff hatte.

Navarra würden sie umgehend töten. Doch für Wilhelmina bestand die gute Chance, dass sie auf einem Tisch wie diesem hier enden würde, wenn etwas schiefging.

Ihr Tod konnte sich möglicherweise über Jahre hinziehen.

In dem Mann vor ihr steckte nichts mehr von Javier. Captain Navarra war allgegenwärtig, königlich. Er war die personifizierte Rache. Mit seiner Stimme konnte man Metall fräsen.

„Das wäre wunderbar“, sagte er gedehnt. Säure troff aus jedem seiner Worte.

Die anderen Männer hatten sich plötzlich aufgrund der Möglichkeit von auf engem Raum ausbrechender Gewalt angespannt. Wenn etwas passierte, würden wahrscheinlich nur wenige aus einem Raum wie diesem lebend entkommen.

Navarra stand absolut bewegungslos da. Ruhig, selbstsicher, fast glücklich. Sie sah, wie er erneut auf Djamila hinunterblickte, sein Lächeln so warm wie das einer Eule, die sich an eine Feldmaus heranpirschte.

„Bitte", fuhr er fort und legte echtes Gefühl in seine Stimme, als er Tamaz ansah.

Captain Tamaz nickte dem eigenartigen kleinen, plumpen Mann in der Ecke zu, der nach vorne sprang und an der Maschine neben Djamilas Kopf herumzuspielen begann. Auf den ersten Blick hatte Hadiiye es für einen Bio-Monitor gehalten.

Es war offensichtlich die Quelle von Djamilas Schmerz.

Sie beobachtete, wie Djamilas Körper erschlaffte und sich entspannte, als die Elektrizität abnahm.

Tamaz suchte sich seinen Weg zum Doktor auf der anderen Seite des Tisches, von wo aus er einen freien Blick auf Navarras Reaktion hätte.

Und was ihn zufälligerweise aus dem Weg beförderte, sollten Erckens und der Gigant ein wenig handgreiflich werden müssen. Hadiiye zog sich selbst ein bisschen zurück und drehte sich leicht seitlich, für den Fall, dass sie schnell an ein verstecktes Messer kommen musste. Nicht, dass das noch irgendwas ausmachen würde, doch in einem Mahlstrom nahm man, was man kriegen konnte.

Selbst von hier aus war der Geruch dessen, was sie unter Djamilas Nase hielten, einfach ekelhaft. Fast wie reines Ammonium. Es würde ohne Frage zu ihr durchdringen.

Djamila öffnete langsam ihre Augen. Sie kam zu sich und blickte zu Javier/Navarra auf, der über ihr lehnte und anzüglich grinste.

„Hallo Prinzessin", sagte Captain Navarra fröhlich.

Der große Kerl spannte sich an. Erckens spannte sich an. Zur Hölle, alle von ihnen gerieten ein wenig in Bewegung.

Djamila, gesegnet sei sie, knurrte Javier tatsächlich um den Knebel in ihrem Mund an.

Navarra blickte von ihr fort und Tamaz an, als er sich aufrichtete, so dass Hadiiye sein Gesicht nicht sehen konnte. Doch das Gefühl in seiner Haltung, in seiner Körpersprache, war reiner Triumph.

„Was immer Sie für sie und Sokolov geplant haben", schnurrte er vernehmlich, „ich bin dabei."

Wilhelmina überdachte, ob die Entscheidung, Javier hierher zu bringen, solch eine gute Idee gewesen war.

TEIL VIER

Das Bett war kalt.

Nicht im tatsächlichen Sinne. Wilhelmina hatte die Bettdecke abgestreift, um nicht völlig zu überhitzen, während Javier schlief. Der Mann war ein tragbarer Heizofen.

Nein, vom emotionalen Standpunkt.

Der Umstand, dass Navarra und Hadiiye auf dem langen Weg zurück zu ihrem eigenen Schiff in ihrer Rolle bleiben mussten, nachdem sie gesehen hatten, was sie sehen mussten, und sich ausreichend mit Captain Tamaz angefreundet hatten.

Navarra stumm in Gedanken und seinem Triumph. Hadiiye stumm in ihrer besorgten Furcht.

Javier und Djamila hatten nichts für einander übrig. Das wusste sie. Sie hatte gehofft, dass seine Anständigkeit seinen Hass überwinden würde, zumindest so lange, dass sie Sykora vor einem Schicksal retten konnten, das schlimmer war als der Tod

Sie begann, diese Annahme in Zweifel zu ziehen.

Javier schnarchte kaum hörbar, während er neben ihr schlief.

Körperlich war außer dem einen Mal nicht mehr viel zwischen ihnen geschehen. Normalerweise war es so wie früher, wenn sie das Bett mit ihrem Bruder geteilt hatte, als sie Kinder gewesen waren.

In dieser Nacht war es, als schliefe sie mit ihrem baldigen Exmann, gefangen in einem Bett und unfähig, auf einer nicht existenten Couch einzuschlafen.

Das Schiff war zu klein, um ihm aus dem Weg zu gehen.

Hatte sie ihn wirklich nur diesen ganzen Weg hierher gebracht, damit er sich persönlich an Sykora rächen konnte?

Der Gedanke ließ ihr trotz Djamilas Geschichten oder des Ausdrucks in Javiers Augen unwillkürlich Schauer den Rücken hinunterlaufen.

Und dieses Fläschchen. Tamaz' schäbiger kleiner Assistent hatte das Glasröhrchen, das mit einer leuchtendgrünen Flüssigkeit gefüllt war, aus einem in der Nähe stehenden Kühlschrank gezogen, sodass Tamaz es seinen neuen, betrunkenen Freunden stolz zeigen konnte.

Wilhelmina hatte Sozialwissenschaften und Geisteswissenschaften studiert. Sie hatte Abschlüsse in Soziologie, Psychologie, Geschichte und Buchhaltung. Abgesehen von erster Hilfe im Feld auf primitiven Planeten wusste sie so gut wie nichts über Medizin.

Die Unterhaltung zwischen Tamaz und Navarra war ihr schon bald zu hoch gewesen. Doch das war bei jemandem, der einmal einen stählernen Kaffeebecher besessen hatte, in dessen Seite *DER WISSESCHAFTSOFFIZIER* geätzt worden war, nicht überraschend. Es war ein gutes Erinnerungsstück gewesen. Wilhelmina fragte sich, ob es ein bitteres sein würde, wenn sie versagte.

Tamaz' Plan war simpel.

Er würde das Fläschchen über eine Nadel in Sykora

entleeren.

Sie als Trägerin gegen Lösegeld an Sokolov übergeben.

Vierundzwanzig Stunden warten, bis die Seuche sich ihren Weg durch die Besatzung der *Storm Gauntlet* gesucht hatte.

Tod. Für alle außer Djamila.

Tamaz und seine Freunde hatten bereits zuvor alles an Strafe verdient, was ihnen zugemessen werden konnte. Nun verdienten sie eine Erste-Klasse-Fahrt zur Hölle.

Hadiiye freute sich schon darauf, ihre Fahrkarte zu lochen.

Javier regte sich.

Eine Hand schob sich unter der Decke hervor, packte die ihre, bevor sie sie wegziehen konnte.

Sie saß in der Falle.

Er öffnete seine Augen.

Javier, nicht Navarra.

„Bist du bereit, zu reden?“, fragte er einfach.

„Willst du irgendetwas sagen, das ich hören möchte?“, erwiderte sie schärfer, als sie es erwartet hatte, als sie ihren Mund geöffnet hatte.

Er starrte sie ein paar Sekunden an.

„Djamila Sykora repräsentiert fast alles, was ich am Weltraum nicht mag“, begann Javier mit einem Achselzucken. „Eine verkrampfte Regelbefolgerin, die dauernd jeden um sich herum herabsetzt, dem es nicht gelingt, die unmöglichen Regeln, die sie aufstellt, zu erfüllen.“

Wilhelmina nickte, da sie ihrer Stimme nicht vertraute.

„Aber sie ist nur ein Arschloch“, sagte Javier. „Tamaz und seine Freunde sind *das Böse*.“

Etwas in seinem Gesichtsausdruck änderte sich. Auch in seiner Hand, die sich gegen ihre Seite drückte und mit ihrer Hand verwoben war, änderte sich etwas

„Vor langer Zeit“, fuhr er fort, „war ich mal einer von den Guten. Das hat nicht funktioniert, aus Gründen, die wir jetzt nicht erörtern werden. Doch niemand verdient das.“

Was *DAS* war, ließ sie unbeantwortet, genau wie er es tat. Dies war noch eine weitere Seite eines komplizierten Mannes, eine, der sie mit Sicherheit niemals zuvor begegnet war.

Wilhelmina fragte sich erneut, ob sie den wahren Javier Aritza je kennengelernt hatte oder lediglich die vielen Rollen, die er spielte, um sich die Welt vom Hals zu halten. Sie konnte sehen, dass sich jemand unter dieser Fassade befand, doch er blitzte selten genug auf, um sie weiter im Ungewissen zu halten.

Sie fühlte, wie seine Hand die ihre drückte.

„Ich tue das nicht für sie, `Mina“, sagte er einfach. „Ich tue das nicht für dich. Ich tue das, weil es richtig ist.“

Oh.

Sie dachte an zukünftige Unterhaltungen, die sie vielleicht mit diesem Mann über das Wesen des Bösen führen würde.

Was war *das Böse?*

Javier Aritza erschien ihr selten als ein besonders tiefgründiger Philosoph. Sicher als kein überragender Existentialist.

Und doch.

Er war bereit, ganz einfach seinen Hass auf Djamila zu ignorieren und das Richtige zu tun, bloß weil Wilhelmina Teague ihn darum gebeten hatte.

Weil sie Paladine benötigte.

„Also, was machen wir jetzt, Javier?“

Anstatt zu antworten, ließ er ihre Hand los und wälzte sich aus dem Bett. Sie betrachtete seinen Hintern in der alten Jogginghose, als er zwei Schritte zum Steuerungsstation machte und einen Knopf drückte.

„Curveball, hier spricht Mutter Henne“, sagte er ins Funkgerät. „Wie ist dein Status?“

„Erste Erkundung abgeschlossen, Mutter Henne“, erwiderte Suvi umgehend. „Beginne jetzt mit Übertragung.“

Die Konsole piepste, als eine Datei ankam. Javier setzte sich, um sie zu lesen.

Trotz der kalten Luft im Raum stieg Wilhelmina aus dem Bett und sah über Javiers Schulter, als er das Dokument schnell verschlang.

Er blickte mit süffisantem Lächeln auf.

„Das hier wäre einfacher, wenn du etwas anhättest, `Mina“, bemerkte er knapp. „Männer empfinden deine Brüste als Ablenkung.“

Mit einem schlitzohrigen Lächeln überdachte sie für einen Moment mehrere Erwiderungen darauf.

Dieser Javier war dem Mann, den sie vor einer Woche erwartet hatte, wesentlich näher. Netter. Freundlicher. Weicher.

Navarra würde sich wahrscheinlich als ein interessanter Bettgefährte herausstellen, doch mit ihm würde es nicht annähernd so viel Spaß im Bett machen wie mit Javier.

„Also kann ich dich in Versuchung führen?“, erwiderte sie verführerisch.

„Du führst mich schon in Versuchung, Weib“, sagte er. „Aber die Zeit drängt, falls du das wirklich vorhast. Ich kann mir dich immer noch später als Nachtisch gönnen.“

Wilhelmina errötete, lächelte und wandte sich um, um nach einem Hemd zu suchen.

Das wäre ein Versprechen, um ihn auf Kurs zu halten. Sie konnte immer damit drohen, ihm eheliche Rechte vorzuenthalten, falls er dafür sorgte, dass sie alle umgebracht wurden.

Hoffentlich wäre das etwas, das Javier zu ihr zurückbrächte.

BUCH ACHT: PALADIN

TEIL EINS

DIE SIE UMGEBENDEN Sterne waren wunderschön. Suvi war, wenn auch nur für kurze Zeit, wieder zu Hause, als ihr kleiner Flitzer still durch das All außerhalb der Station kreuzte und hart daran arbeitete, sich mit den in Raumanzügen gekleideten Javier und Dr. Teague im Schlepp an den Piratenfrachter *Salekhard* heranzupirschen.

Suvi betrachtete Javiers Plan mit gemischten Gefühlen.

Als sie die *Mielikki* gewesen war, hätte dieser Trick nie bei ihr funktioniert. Doch in jenen Tagen war sie auch ein kleines, nach den Standards der *Concord*-Flotte gebautes Kriegsschiff gewesen, und es war von ihr verlangt wurde, dass sie sich wie eine Offizierin und Gentlewoman verhielt. Sie war wortwörtlich mit jeder Luke, jeder Düse, einfach allem auf ihrem früheren Schiff verbunden gewesen.

Die *Salekhard* war nur ein müder alter Frachter. Zumindest sah sie, wenn man sie von außen betrachtete, so aus. Wahrscheinlich war sie der große böse Wolf, wenn man ihr zu nahe kam. Ein Q-Schiff.

Doch das lag an den bösen Menschen, die an Bord

waren. Die *Salekhard* war lediglich ein altes eisernes Schiff. Kein Gehirn, keine Persönlichkeit. Kein KI-Cousin an Bord.

Doch das war vermutlich auch besser so, wenn man bedachte, dass die *Salekhard* dem Bösen diente. Suvi würde nicht herausfinden müssen, wie man sie tötete. Das konnte Javier erledigen und schon wären sie wieder weg.

Suvi wünschte, sie könnte gerade mit Javier und Wilhelmina reden, doch ihre Befehle waren äußerst genau gewesen. Keine Funkübertragungen bis er etwas Anderes anordnete, wenn sie es auf die andere Seite schafften. Suvi sah sich stattdessen im tiefen Schwarz des leeren Weltraums um.

Kein Raumschiff mehr zu sein, war immer sehr schmerzhaft gewesen, doch nun schmerzte es doppelt so sehr. Sie war zurück im Weltall, um das auszuführen, was Javier ein „Fassadenkletterermanöver" nannte.

Ein Stück Leine verband sie mit Javier und dann mit Wilhelmina, die in ihren Raumanzügen an einem Haltestrick still hinter ihr herschwebten wie kleine Ballons. Er konnte mit ihr per Handzeichen kommunizieren, wenn er etwas Sinnvolles zu sagen hatte, doch zu diesem Zeitpunkt herrschte nur Stille.

Na klar. Verkehr überall um sie herum. An einem Ort wie der *Meehu Plattform* war es nie ruhig. Schiffe kamen und gingen zu jeder Stunde des Tages, manchmal waren drei von ihnen im Orbit übereinandergestapelt, während sie darauf warteten, dass eine Andockstation frei wurde.

Die Funkverbindungen waren ebenfalls nie stumm, doch Javier wollte, dass sie wie Einbrecher dachten, und er wollte nicht, dass irgendwelche Übertragungen so nahe an der *Salekhard* irgendjemanden vor dem warnen könnten, was sie vorhatten.

Ernsthaft, Javier. Wer wird das hier kommen sehen?

Doch sie behielt ihre Meinung für sich. Suvi war eine

Offizierin und Gentlewoman gewesen, eine Kundschafterin, eine Pilotin, eine Kriegerin. Jedoch noch nie eine Diebin.

Es war irgendwie cool.

Sie gab ein wenig Schub. Nicht viel. Hauptsächlich, um sich selbst nach unten und zur Seite zu steuern, gerade ausreichend, um Javier und Wilhelmina auf eine Höhe mit der sekundären Maschinenraumluftschleuse zu bringen, die sie vor zwei Stunden ausgewählt hatte.

Eine Runde galaktisches Billard.

Kontakt unmittelbar bevorstehend.

Suvi stellte ihre Hebearme gerade so weit ab, dass sie das Gewicht der beiden Menschen hinter ihr ausgleichen konnte. Um sie in entsprechender Höhe zum vollen Stillstand zu bringen.

Es hing alles von dem leichten Drall ab, den man der Kugel gab, Leute.

Javier landete wie eine Katze. Und Wilhelmina …

Oh, Scheiße.

War diese Frau noch nie auf einem Außenbordeinsatz gewesen? Sie sah aus wie eine Turnerin bei Schwerkraft.

Ach so. Menschliche Reflexe. Die trainierte man. Niemand wurde damit geboren.

Nun ja, Dragonerin Sykora vielleicht, doch das bestätigte nur die Regel. Diese Frau war erschreckend gut.

Sollte sie einen Funkruf absetzen? Nein. Er war sehr eindeutig gewesen.

Und er kann sie nicht erreichen.

Und ich bin nicht in der richtigen Position.

Und … Hey, was machst du da, Javier? Das ist meine Halteleine. Hör auf, mich näher heranzuziehen, ich muss Wilhelmina schnappen und sie zurückbringen.

Suvi ließ ihre Hebearme erschlaffen, bevor sie ihn ebenfalls vom Rumpf riss. Er hatte Magneten, doch die waren zum Laufen bestimmt und nicht dazu, sie beide zu halten, falls sie die Sache allein in die Hand zu nehmen entschied. Das Letzte, was sie brauchte, war, dass die beiden dort draußen herumtrieben, wo sie jemand, obwohl das Schiff angedockt war, durch ein Bullauge sehen und Alarm auslösen konnte.

Sie wartete, während Javier ihren Körper mit beiden Händen ergriff, die Leine an seinem Gürtel befestigte, und sie dann sanft in Richtung Wilhelmina schubste. Sie kam sich vor wie ein spielentscheidener Freiwurf, wie sie da so, sich langsam drehend, zurückflog.

Nichts zählte, außer dem Netz.

Was für ein Glück, dass ich nicht luftkrank werde, Freundchen, oder ich müsste elektronische Teilchen auf dich kotzen.

Und noch schlimmer … Javier warf daneben.

Sie würde genau an Wilhelmina vorbeifliegen, ungefähr einen halben Meter außerhalb ihrer Reichweite.

Und was machen wir jetzt?

Javier zog an der Leine und ließ seinen Arm zur Seite schnappen.

Großartig, und nun auch noch eine Drehung zur Seite? Willst du, dass ich mich übergebe?

Und dann dämmerte es ihr. Während die Peitsche sie zur Seite und um Wilhelminas Rücken schnipste.

Und ich liege um sie herum wie ein Lasso.

Oh.

Kapiert.

Vielleicht hat er das *doch* schon einmal gemacht.

Ich werde mich einfach ruhig verhalten und so tun, als wäre das von Anfang an mein Plan gewesen.

Perfekt.

Die Tür der Luftschleuse glitt mit minimalem Geräuschpegel auf. Javier zog es so vor.

Er wusste, dass der Maschinenraum, während das Schiff angedockt war, allgemein nur mit minimalen Schichten operieren würde, weil alles heruntergefahren war. Es sei denn, dass sie etwas Größeres wieder aufbauten, in welchem Fall der Maschinenraum mit Menschen vollgestopft wäre und man ihn innerhalb von zwei Minuten fangen würde.

Dunkelheit.

Nun ja, Dämmerlicht.

Die Maschinen heruntergefahren. Die Sprungantriebe ausgeschaltet. Hilfsenergie auf Minimalstufe. Die Lebenserhaltung heruntergeschraubt, während das Schiff Frischluft aus der Station bezog. Zumindest frischere Luft.

Stinkend, aber wenigstens mit einer anderen Zusammensetzung von flüchtigen organischen Spuren.

Die *Salekhard* war ein Frachter. Sie war nicht protzig, Sie war ganz sicher nicht schnell. Die Opfer kamen zu ihr.

Aus der betrunkenen Unterhaltung mit Tamaz wusste er, dass das Schiff während der massiven Aufrüstung mit Kanonen, die es in ein Q-Schiff verwandelt hatte, ein paar seiner Frachträume eingebüßt hatte. Der verlorene Platz war mit Generatoren und Batterien vollgestellt worden. Der Schwerpunkt des Einsatzbereichs der Maschinenraumbesatzung hatte sich um einiges nach vorne verlagert, als das passiert war.

Der Maschinenraum war eine Geisterstadt.

Javier grinste.

Raumschiffe wurden, wenn sie sich im All befanden, nie komplett heruntergefahren, doch Menschen blieben Menschen. Man stellte seinen Biorhythmus auf eine bestimmte Art und Weise ein und beließ ihn so. Acht Stunden Dienst in einer Vierundzwanzig-Stunden-Schicht. Etwa drei Stunden zum Essen. Ein paar Stunden zur persönlichen Erholung. Zeit für Training und Schulrezertifizierung. Acht Stunden, um sich zum Schlafen hinzulegen.

Sogar, wenn man an der Station angelegt hatte, blieb man bei diesem Muster, mit zusätzlicher Zeit für Partys und Geschäftliches.

Für die *Salekhard* war es mitten in der Nacht.

Die perfekte Zeit für einen Einbruch.

Sie war kein Navy-Schiff mit zackigen, zueinander passenden Uniformen für jeden, deren Farbcodierung Abteilung und Rang kennzeichnete. Tamaz mochte ein Soziopath sein, doch er war kein ehemaliger Flottenoffizier.

Die Besatzung trug üblicherweise entweder das, was sie besaß, als sie an Bord kam, oder das, was sie auf Stationen wie dieser zusammenraffte. Ansonsten besaßen sie alle Arten von Hosen und Tuniken, die der Quartiermeister ihnen billig verkaufen konnte. Zu dieser Zeit war der einzig wahre Unterschied zwischen Schiffen im All die Farbe, denn ein geiziger Materialoffizier kaufte einen Haufen von Größen in einer einzigen Farbe.

Auf der *Salekhard* war das Braun. Langweiliges, matschfarbenes Braun.

Glücklicherweise war dies hier die *Meehu Plattform*. Für den richtigen Preis konnte man alles erwerben, eingeschlossen langweilige, matschbraune Verkleidungen.

Suvi drang zuerst in den weitläufigen Raum ein und pingte still den gesamten Maschinenraum ab, um ihn zu kartographieren.

Nichts.

Die Lichter heruntergedimmt, um den Energieverbrauch zu vermindern und Geld zu sparen, während man im Dock lag. Die kritischen Systeme gut beleuchtet, doch der Rest im Schatten liegend. Die übliche Vorgehensweise.

Javier folgte, matschbraun mit einem Sportbeutel in der

Hand. Wilhelmina kam als letzte und trug immer noch diese verdammten hochhackigen, lilafarbenen Kampfstiefel unter ihren Hosen.

Für einen Augenblick schlug ihm der auf seiner linken Schulter hockende Teufel vor, sie solle sie irgendwann einmal im Bett tragen. Nichts sonst, nur die Stiefel. Bei diesem Bild bekam sogar der Engel ein dümmliches Lächeln im Gesicht.

Javier hatte Suvis tragbare Flugfernsteuerung bei sich, die für alle Fälle wie ein Beutel an seiner Seite hing, doch sie flog das ferngelenkte Schiffchen selbst. Einige seiner Knöpfe erzeugten in ihrem Cockpit angeblich glückliche Geräusche oder ließen kleine Einhörner und Spielzeugdinosaurier über ihre Konsole rennen. Er flog das Schiff definitiv nicht.

„Suvi", flüsterte er gerade laut genug, dass sie ihn hören konnte. „Finde für mich die Eingangsluke auf dem obersten Laufgang."

Anstelle einer Antwort schoss sie beinahe lautlos geradewegs nach oben.

Javier blieb nicht mehr zu tun, als zu einer Gruppe Sitze hinüberzuschleichen und sich darauf zu setzen. Er war nicht annähernd so leise, doch das brauchte er auch nicht zu sein. Um ihn herum stöhnte und knarrte die *Salekhard*, während Systeme an- und ausgingen und Generatoren, die Luft- und Kühlsysteme dem Ruf nach Energie folgten oder wieder einschliefen.

Der Weltraum war nur auf der Außenseite lautlos. Im Inneren hielt er nie die Klappe.

Der Maschinenraum besaß drei Decks in der Senkrechten. Hauptsächlich für die Antriebe. Die *Salekhard* konnte eine Menge an Gewicht tragen, daher benötigte das Schiff eine gewaltige Menge Energie für den Schubaufbau, die sie vorwärts trieb. Doppelt so viel, wenn sie aus der örtlich herrschenden Schwerkraft aufstieg, um eine sichere Sprunghöhe zu erreichen.

Das bedeutete nur, dass das hintere Drittel des Schiffes eigenartig nach außen gewölbt war. Und man war ziemlich weit von den Deckplatten entfernt, wenn man vom zweiten Laufgang hinunterblickte.

Javier besah sich die Luke, die Suvi gefunden hatte.

Wenigstens folgten Frachter einer einfachen Marinearchitektur. Entweder hatte man einen hauptarteriellen Korridor entlang des Rückgrats des Schiffes, von dem die Frachträume wie Rippen an der Seite herabhingen, oder zwei Korridore an den Außenseiten, mit einzelnen Frachträumen entlang der Mittellinie.

Die *Salekhard* besaß zentral gelegene Frachträume. Das half auch dabei, das Schiff in Drittel aufzuteilen. Entweder befand man sich vorn, wo sich die wichtigen Leute auf der Brücke aufhielten, oder achtern mit den Maschinisten. Die Schauerleute saßen in der Mitte fest. Und wurden ignoriert.

Es war mitten in der Nacht. Sie befanden sich in einem Gang der so weit von den wichtigen Teilen des Frachters entfernt war, wie sie nur sein konnten. Javier fühlte sich nicht wirklich sicher, nahm jedoch an, dass die Wetten für ihn gut standen.

„Ich gehe voraus", sagte er leise, bevor er die Luke öffnete. „'Mina als Zweite. Suvi, versuche als unser Ass im Ärmel ein wenig weiter zurückzubleiben."

Wilhelmina nickte. Suvi ließ ihre Fluglichter aufflammen und ausgehen. Javier holte tief Luft und drückte seine Handfläche auf den Knopf.

Die Luke öffnete sich langsam.

Niemand zu sehen.

Er ließ die Luft entweichen und ging los. Hinter ihm herrschte völlige Stille, die so intensiv war, dass er sich umdrehen und zurückblicken musste, um sicherzugehen, dass beide Frauen noch hinter ihm waren.

Okay, gut.

Er hatte sich nicht damit abgegeben, eine Waffe mitzuschleppen. Damit war er ohnehin nicht allzu gut und ein hier stattfindendes Feuergefecht würde alles ziemlich schnell den Bach runtergehen lassen. Außerdem konnten die beiden Mädchen auf sich selbst achtgeben. Und hoffentlich auf ihn.

Stattdessen war er heute der Spurenleser. Er mochte zwar eine Menge getrunken haben, doch ehrlich gesagt war das nichts.

Zur Hölle, die anderen Männer wären vermutlich immer noch für ein paar Stunden in ihren Betten und versuchten, sich zu erholen.

Amateure.

Javier zählte seine Schritte. Interne Verbindungswege auf einem Schiff wie diesem besaßen keine fröhlichen bunten Linien, denen Touristen folgen konnten. Doch es gab nur eine begrenzte Zahl an Möglichkeiten, wie man ein Schiff bauen konnte.

Er wandte sich nach Backbord und folgte einem Seitengang, der sich um die Vorderseite der Maschinenraumauswölbung wand.

Keine schicken Eckbeschläge oder Kurven. Nur einfache, in einer vornehmlich automatisierten Werft zusammengeschweißte Röhren, in der sieben Tage die Woche Teile rausgehauen und später wie in einem dreidimensionalen Puzzle zusammengesetzt wurden. Korridor, Frachtraum, Kabine, Suite. Verschweiße A mit B. Wiederhole alles mit C.

Javier ließ sein Unterbewusstsein ans Steuer. Überholen wäre hier schlecht.

Wenn er recht hatte, war die korrekte Luke ungefähr hier.

Javier sah sich um.

Jawoll. Dieser Fleck an der Wand. Der, der aussah wie die

gebenedeite Mutter Gottes. Der, der aussah wie die Brandwunde einer Strahlenpistole. Dies hier war der Ort.

Er signalisierte den Mädchen, näher zu kommen, wobei er sich nicht sicher war, ob das Öffnen der Luke einen Alarm auslösen würde – und das auch außerhalb seines Kopfes.

Die Zeit würde eindeutig zu laufen beginnen.

Er streckte die Hand aus und drückte den Knopf.

TEIL ZWEI

Der Schmerz verging.

Djamila fühlte, wie die Barrieren, die ihre Seele umgaben, zusammenbrachen. Die körperliche Welt kam näher.

Tamaz wollte sie anscheinend wieder foltern.

Das letzte Mal war eindeutig das intensivste gewesen. Djamila begann sich zu fragen, ob ihre Zurechnungsfähigkeit langsam zerbröckelte. Sie hatte sich in der Tat vorgestellt, dass Aritza hier war, um Tamaz dabei zu helfen, sie zu brechen.

Falls sie den Verstand verlor, wäre das die Form, die die Hölle annähme, wenn sie dort eintraf.

Dieser bekannte Geruch brachte sie auch den Rest des Weges zurück. Mittlerweile hatte er sich ihrem Nervensystem beinahe schon als *Zuhause* eingeprägt. Djamila fragte sich, ob sie diese Assoziation bis in ihr Grab mit sich tragen würde.

Ihre Augen öffneten sich zu einem schmerzhaft hellen Licht. Sie konnte sie fokussieren. Irgendetwas war falsch.

Sie konnte sich bewegen.

Tamaz stand über ihr, grinste anzüglich, verzehrte sich selbst nach all den Jahren vor Lust nach ihr. Der Erste Maat war bei ihm, hielt sich etwas seitlich von ihm im Hintergrund.

Sie würde nur diese eine Chance habe.

Wie ein Blitz explodierte Djamila von der Transportliege, darauf vertrauend, dass ihre Instinkte sie leiten würden.

Sie packte Tamaz an der Vorderseite seines Hemdes und stieß ihn hart zurück gegen das Schott.

Djamila erwartete nicht, dass sie diesen Raum lebend verlassen würde. Es dürstete sie nur nach Begleitung auf dem Weg zur Hölle.

Abraam Tamaz wäre ein hervorragender Begleiter.

Er kämpfte weniger, als sie erwartet hatte. Er wehrte sich kaum, als sie die Hände um seinen Hals bekam, ihn ein Stück anhob und zuzudrücken begann.

Es würde gut sein, diesen Mann zu töten.

Warum kämpfte er nicht? Hatte sie ihn ausgeknockt, als er gegen das Schott geprallt war?

Nein, seine Augen waren geöffnet und bohrten sich aus nächster Nähe in die ihren.

Und warum versuchte der Erste Maat nicht, sie zu aufzuhalten? Alles, was sie in diesem Moment wollte, war, zu kämpfen.

War das zu viel verlangt?

Schmerz. Da. Ja. Gut. Ich bin lebendig genug, um Schmerz zu empfinden. Das hier ist kein von der Folter hervorgerufenes Fantasiegespinst, das meinen Verstand übernimmt. Hier kneift mir jemand so heftig ins Ohrläppchen, dass es weh tut. Kein Ziehen, nur ein Kneifen.

Was?

„Djamila“, drang Wilhelmina Teagues Stimme in ihr umnebeltes Bewusstsein. „Du musst mir zuhören. Bitte komm zu mir zurück.“

Zurückkommen? Wo sollte ich denn sonst sein?

Nein, besser noch. Warum sollte Wilhelmina Teague sich hier in meiner Illusion befinden? Sie verdient es nicht, mit mir zu sterben. Aber vielleicht, um Rache zu nehmen. Das würde Sinn ergeben.

Der Schmerz verwandelte sich in ein Ziehen. Djamila fühlte, wie ihr Kopf sich drehte, gedreht wurde, zu einer Seite gezogen wurde. Da war jemand.

Es war doch nicht Aaron Erckens. Es war eine Frau. Eine hochgewachsene Frau. Eine bekannt aussehende Frau.

„Djamila Sykora", sagte die Fremde. „Bitte hör auf mich. Bitte höre mich. Bitte kehre in die Gegenwart zurück."

Die Gegenwart? Die Gegenwart war eine Folterkammer auf Abraam Tamaz' Schiff, in der sie eher ihren Verstand verlieren wollte, als ihre Seele letztendlich diesem Mann zu überlassen. Der Tod stand ihr bevor und womöglich würde sie Zakhar mit sich nehmen, weil sie zu stur war, sich selbst zu erlauben, einfach auf diesem Tisch zu sterben.

Sie würde sie dazu bringen, sie zu töten. Gleich hier. Genau jetzt. Es würde ein guter Tod sein.

Aber dieses Gesicht kam ihr bekannt vor.

Ich habe dich schon einmal irgendwo gesehen.

Und dann beugte sich die Frau vor und küsste sie sanft auf die Lippen.

Was?

Der Schock durchbrach die letzten Nebelschwaden, die Djamilas Gehirn umgaben.

„Wilhelmina?", fragte sie, während sie plötzlich zurück in die Gegenwart katapultiert wurde.

Aber wenn das Wilhelmina ist, wen erwürge ich dann gerade?

Djamila drehte ihren Kopf fort, als das Ziehen an ihrem Ohrläppchen nachließ.

Aritza.

Kurz zog sie in Betracht, den Job zu Ende zu bringen. Es wäre keine große Anstrengung. Ein kleiner Ruck, eine winzige seitliche Drehung. Ein schneller und schmerzloser Tod.

Aritza verdiente es.

Und trotzdem … er hatte ihr das Leben gerettet. Mehr als einmal.

Und er wäre nicht ohne Sokolovs Erlaubnis hier. Das bedeutete, dass Zakhar bald käme.

Wenn er hier wäre, wäre es der Captain gewesen, der sie aufweckte. Aritza vertrat ihn.

Djamila ließ Aritzas Füße wieder das Deck berühren.

„Hallo Prinzessin", sagte er wieder. „Hätte ich Sie vielleicht mit einem Kuss aufwecken sollen?"

Beinahe hätte Djamila ihn allein dafür getötet. Wilhelmina zog ihr Ohr zur Seite, als sie dazu ansetzte.

Djamila ließ ihren Kopf zu ihr herumwandern. Aritza konnte später noch einen tragischen Unfall haben.

Wilhelmina reichte ihr ein Bündel Kleider und eine schwarze Perücke.

„Zieh das an", sagte sie.

Djamila ließ sich von der Situation leiten. Sie war zu diesem Zeitpunkt nicht zu mehr in der Lage als zu reiner Reaktion. Offensichtlich hatten sie einen Plan.

Djamila fiel auf, dass sie immer noch nackt war. In dem Bündel befand sich ein Handtuch. Sie benutzte es kurz, um sich abzutrocknen.

Aritza war damit beschäftigt, sie zu begaffen, während sie das tat.

Du bist genauso schlimm wie die anderen, du Bastard.

Schnell zog sie sich an. Braune Hose. Weißes T-shirt. Braune Tunika. Ihre eigenen Schiffsschlappen von der *Storm Gauntlet*, die für ihre langen, schmalen Füße maßgefertigt worden waren.

„Sind Sie wieder bei sich?“, fragte Aritza einfach.

Djamila überlegte sich die Antwort. Sie war für eine ganze Weile in einer anderen Welt gewesen. Tage, wenn nicht gar Wochen, wenn er jetzt hier war. Ihr Überleben hatte es nötig gemacht, sich in die unüberwindlichen Berge ihres Geistes zurückzuziehen und dort den Winter auszusitzen.

Ihre Rettungstruppe war mit dem Frühling eingetroffen. Sie wollten wissen, ob sie in der Lage war, sich um sich selbst zu kümmern.

Ob sie kämpfen konnte.

Djamila merkte, wie sich ein Zähnefletschen ihres Gesichts bemächtigte.

Noch war sie nicht tot. Natürlich konnte sie immer noch kämpfen.

Sie nickte ihm professionell zu, da sie ihrer Zunge noch nicht traute.

Er lächelte. Und überraschte sie höllisch.

„Hier“, sagte er.

Urplötzlich hielt Djamila eine Impulspistole des neuesten Models in einer Hand.

Automatisch überprüfte sie die Sicherung, das Energiepack, den Griff, das Visier.

„Und jetzt?“, fragte sie ihn.

Offensichtlich hatte Aritza alles geplant. Sie musste zulassen, dass sich sein Plan entwickelte, bis sie ihn gut genug verstand, um ihn zu verbessern. Er war ein Wissenschaftsoffizier, kein Killer.

Nicht wie sie.

„Jetzt fliehen wir“, antwortete Wilhelmina.

„Nicht so schnell“, sagte Aritza.

Djamila beobachtete, wie er zu einer kleinen Kühleinheit in der Ecke ging und davor in die Hocke ging. Sie konnte das Fläschchen mit der grünlichen Flüssigkeit nicht einordnen, das er herauszog, doch Wilhelminas schockiertes Keuchen verriet ihr einiges.

„Zunächst schulde ich diesem Mann noch etwas."

Der harte Ausdruck auf Aritzas Gesicht spiegelte die ungezügelte Wut in den Tiefen ihrer Seele wieder. Vielleicht war er ja doch ein Killer.

TEIL DREI

Hadiiye musste es Wilhelmina erklären. Hadiiye begriff bereits die grundlegende Aussage, die Navarra machte. Wilhelmina war entsetzt von den Möglichkeiten.

Navarra war ein harter Mann. Das wusste sie. Sie hatte es auf dem Weg, der sie hierher geführt hatte, mit eigenen Augen gesehen.

Doch dies war etwas ganz anderes. Das hier grenzte beinahe selbst an das Böse. Das hier bedeutete nicht mehr, dass man Feuer mit Feuer bekämpfte. Das hier bedeutete, dass man die ganze verdammte Welt niederbrannte und dann von Neuem begann.

Das hier war Ragnarök. Die Götterdämmerung. Dies war Navarra als Surtur.

Also war Javier auch ein Spezialist in den alten Zyklen der nordischen Sagen?

Und Hadiiye würde ihm helfen. Es würde Wilhelmina zufallen, das zu verhindern.

Manche Dinge waren einfach zu bösartig, um sie in Betracht zu ziehen. Das hier war eines davon.

Sie öffnete den Mund, um etwas zu sagen. Hadiiye

stoppte sie, erinnerte sie daran, dass sie zunächst entkommen mussten.

Wilhelmina gab nach. Für den Moment. Sie hatten noch einen langen Weg vor sich, um dieser Falle zu entkommen. Und einem Schiff, einer Station, einer Galaxis voller Piraten.

Trotz allem … Navarra hatte alle vier Fläschchen genommen. Er hatte die große und dazu die drei kleinen, die offenbar das Gegenmittel enthielten. Das musste etwas bedeuten.

Zunächst würden sie von der *Salekhard* fliehen. Dann würden sie die Ethik biologischer Kriegsführung diskutieren.

So weit, so gut.

Navarra legte den Kopf auf die Seite, dann auf die andere. Er öffnete den Mund weit genug, um seinen Kiefer knacken zu lassen, dann schloss er ihn wieder.

Morgen würde sich eine Reihe guter Knutschflecken auf seinem Hals befinden, vorausgesetzt er lebte so lange. Aber zumindest hatte Hadiiye die Dragonerin daran gehindert, ihn zu töten.

Zumindest für heute. In ihren Augen glomm immer noch dieses Licht, dieser Hass, die kaum kontrollierte Wut.

Ihm wurde ganz warm ums Herz.

Die beiden Frauen nickten ihm zu, bedeuteten ihm, dass sie bereit waren. Sie hatten beide Pistolen, auch wenn er keine Ahnung hatte, wie gut Hadiiye wohl damit umgehen konnte. Sykora war die Ballerina des Todes, da brauchte er sich also um nichts zu sorgen. Zumindest im Augenblick nicht.

Morgen? Das würde sich dann zeigen.

Zuerst einmal nach Hause.

Die kleine Flugfernsteuerung erwachte zum Leben und zeigte ihm den Gang.

Suvi folgte ihren Befahlen und hatte eine ruhige Kreuzung gefunden, von der aus sie ein Stück in Richtung Maschinenraum zurückblicken und den Rest dieses Ganges sehen konnte. Und sie gehorchte wenigstens ganz allgemein den Joystickbewegungen, da sie sich bewusst war, wer heute im Publikum saß.

Alles war immer noch ruhig. Und dämmerig.

Man sollte annehmen, dass ein Kapitän, während er an den Strom einer Station angeschlossen war, die Lichter komplett anlassen würde. Das würde nicht so teuer, besonders wenn die Andockgebühren bereits einen Teil der Kosten abdeckten.

Doch manche Leute waren einfach geiziger, als gut für sie war, sparten an allen Ecken und Kanten anstatt es richtig zu machen. Ihm fiel die *Storm Gauntlet* ein, als er sie zum ersten Mal betreten hatte, doch deren eingesparte Ecken und Kanten hatten ihm das Leben gerettet. Wahrscheinlich. Vielleicht auch nicht. Wer wusste schon, wo er gelandet wäre, wenn sie ihn als Arbeiter auf einem Landwirtschaftsplaneten verkauft hätten?

Schnee von gestern.

Javier öffnete die Tür. Navarra hätte hier etwas Pompöses und Widerwärtiges getan. Javier wollte genau so aus der Hintertür schleichen, wie er gekommen war. Er musste hier das Kommando übernehmen, damit sie mit dem Leben davonkommen konnten.

Hinaus in den Korridor.

Nichts.

Zwei Killermädchen nur ein paar Schritte hinter ihm. Gespenstisch.

„Ich bin so froh, dass ich den Autopiloten von diesem

Ding aufgerüstet habe“, sagte er mit einem Bühnenflüstern zu den Frauen, während er tippte.

Suvi sprang zur nächsten Kreuzung und blickte um die Ecke.

Leere.

Javier folgte ihr, dachte daran, in beide Richtungen zu sehen, bevor er diese gefährliche Straße überquerte.

Jetzt befanden sie sich wieder im Hauptkorridor, nur noch einen Katzensprung nach achtern vom Maschinenraum entfernt.

Ein Namensschild erregte seine Aufmerksamkeit.

Burakgazi.

Er kannte nur eine Person mit diesem Namen. Eine kleine, magere Maschinistin mit einem herzförmigen Gesicht, die mit Wilhelmina gereist war, um das alte Schiff in Betrieb zu halten.

Das konnte ein Zufall sein. Er drückte den Knopf, um die Luke zu öffnen.

Jawoll. Ein Punkt für die Guten, als sie aus ihrer Koje zu ihm aufsah.

„Javier?“

„Rettung ist da, Kleine“, erwiderte er. „Bewegen Sie sich.“

Wie der Blitz sprang sie aus ihrem Bett.

Javier sah sich um.

Dort. Alferdinck. Navigator der Extraklasse.

Javier presste den Knopf.

„Piet, lassen Sie uns verschwinden“, sagte er in den sich vor ihm auftuenden Raum.

Der große Holländer fragte nicht, bewegte sich nur.

Mit einem schnellen Befehl parkte Javier Suvi an Ort und Stelle und wandte sich zu den Mädchen um.

„’Mina“, sagte er. „Du übernimmst die Führung. Bringe alle zu der Maschinenraumluke, aber geht nicht durch. Ich übernehme die Rückendeckung mit besseren Sensoren, so dass sich niemand an uns anschleichen kann. Los."

Zwei sehr hübsche Hintern glitten an ihm vorbei. Nun, drei, doch Afias spielte nicht in der gleichen Liga wie die der größeren Frauen. Dies war zwar weder die Zeit noch der Ort, Wilhelminas oder Sykoras zu bewundern, doch sie waren trotzdem nett. Auch wenn er sich kaum zwei Frauen vorstellen konnte, die sich weniger glichen.

„Wonach suchen wir?", tippte Suvi auf seinem Bildschirm.

„Nichts", tippte er im Gegenzug. „Wenn Bösewichte kommen, dann vom Bug her. Die Mädels werden mit Maschinisten schon fertig werden. Auf geht's."

Javier hatte zwei Schritte gemacht, als der Alarm losging.

„Warnung." Die warme Stimme einer Frau erfüllte den Gang. „Feindliche Entermannschaften an Bord. Alle Besatzungsmitglieder bleiben an ihrem Platz. Sicherheitsteams in volle Alarmbereitschaft."

Oh Scheiße. Aber immer noch besser als das, was er erwartet hatte. Wahrscheinlich ein Videomonitor irgendwo im Gang, oder sie hatten beobachtet, wie Sykora das Bett verließ. Das bedeutete natürlich, dass jemand anderem als Tamaz erlaubt war, sie zu beobachten. Das sähe ihm ähnlich. Wahrscheinlich ein Alarm für die anderen beiden Crewmitglieder.

Wilhelmina und die anderen befanden sich vor der Maschinenraumluke.

Wilhelmina drückte den Knopf, als er sich näherte, doch nichts passierte.

„Sie haben sie verschlossen", sagte Sykora rau, wobei sie offensichtlich ihn für alles verantwortlich machte. „Was jetzt?"

Javier behielt seinen beißenden Kommentar für sich. Außer verlorener Zeit würde ihnen das nichts einbringen.

„Erinnern Sie sich an meinen ersten Fernlenksensor?“, fragte er die Dragonerin und deutete auf Suvi hinter seiner Schulter.

Sykora nickte lediglich, ihre Augen ein wenig weiter geöffnet als noch vor einem Moment, als sie begriff, dass der neue viel größer war.

„Wenn ich mich recht erinnere, fanden Sie es schade, dass er nicht bewaffnet war“, fuhr er fort. „Bei dieser Version habe ich das korrigiert.“

„Wer hat Sie an eine Waffe gelassen?“, knurrte sie leise.

Javier deutete auf die in ihrer Hand.

„Wahrscheinlich die gleichen Leute, die wollten, dass ich Sie rette“, erwiderte er.

Sie schenkte sich einen Kommentar. Oder, etwas Dummes zu tun. Was wahrscheinlich auch besser so war. Sie wäre vielleicht schnell. Suvi aber wäre schneller. Und sie mochte Sykora nicht besonders.

„Jeder einen Schritt hinter mich“, sagte Javier, der an den Knöpfen fummelte. „Ich muss den Turm mehr oder weniger überladen, um das hinzukriegen.“

Hoffentlich hörte seine Stuntpilotin zu. Er hatte nicht einmal Kontrollen für den Turm in seine Konsole programmiert. Sie würde das allein erledigen müssen. Abgesehen davon, war es nun auch ihr Schiff.

Ein leuchtend rotes Zielgitternetz erschien auf einem seiner Bildschirme und blinkte leicht. Oh ja. Eine Stuntpilotin … ganz sicher.

Javier kam sich vor, als würde er in einem Erster-Weltkriegs-Roter-Baron-Spiel fliegen. So fühlte es sich an. Vielleicht war es das, was sie für sich selbst programmiert hatte.

Er merkte sich, dass er sie später fragen würde. Sie hatte Zugriff auf den größten Teil der Geschichte, um Dinge nachzuschlagen.

Im Moment verlegte er den Einschlagpunkt ein wenig nach oben links.

„Alle die Augen zu", überschrie er die heulenden Sirenen.

Er schloss die seinen auch, als er den Knopf drückte, um zu feuern.

Ein Licht brannte sich durch seine Augenlider.

Javier blinzelte. Eine neue Nachricht erschien auf seiner Konsole.

Warnung: Energie an Bord bei 9 Prozent. Bitte so schnell wie möglich aufladen.

Neun Prozent? Aber das würde bedeuten …

Javier sah auf.

Er hatte vorgehabt, den Verschlussmechanismus in Stücke zu schießen, so dass Sykora die Tür von Hand aufhebeln konnte.

Suvi hatte das verdammte Teil beinahe aus seiner Schiene geblasen.

Soviel zu einem heimlichen Vorgehen. Vermutlich hatte das hier jeder auf dem Schiff mitbekommen.

„Sykora führt", sagte er. „'Mina folgt ihr. Ich komme als Letzter mit dem Fernlenksensor."

Neun Prozent Energie? Wow. Doch das reichte immer noch für den Rest des Tages, vorausgesetzt, dass ab jetzt nichts Schlimmes mehr passierte.

Oder jedenfalls nichts, das Sykora nicht mit einer Impulspistole in den Griff bekommen würde.

Was so viel wie *Nichts* bedeutete.

TEIL VIER

Abraam Tamaz wurde vom wahnsinnigen Piepen des Alarms geweckt.

Er war müde, er war schlapp, er hatte letzte Nacht viel zu viel Sambuca getrunken. Auf der Innenseite hallte sein Schädel vom Schlagen großer Industriemaschinen, die mal wieder Kotflügel herstellten.

Es war nicht der Weckalarm. Der hatte einen entschieden anderen Ton. Und es war auch kein Systemalarm. Sie waren an eine Station angedockt. Welcher Notfall könnte sie hier wohl ereilen?

Die Welt wollte sich einfach nicht scharfstellen.

Er wusste, dass das Sinn ergeben sollte, doch der Alkohol war an diesem Morgen zu einem lieblichen Nebel verdampft, der dafür sorgte, dass sich sein Kopf wie ein Feld in Flandern an einem ruhigen Herbsttag anfühlte. Nichts als Bündel rumpelnder Wolken, die sich hin und her bewegten.

Er stolperte, mehr oder weniger auf Autopilot, zur Konsole und drückte den roten Knopf, um den Alarm zum Schweigen zu bringen. Die Zwei wollte noch immer nicht mit der Zwei zusammenarbeiten, um irgendeine Zahl zu ergeben, schon gar nicht Vier.

Die Anrichte war in Griffweite. Tamaz schnappte sich ein dreckiges Glas und goss einen Schluck Magenbitter und einen Fingerbreit Rum, gefolgt von einem kräftigen Strahl Sodawasser hinein. Er wirbelte das verrückte Gebräu ein paar Mal im Glas herum, um es zu vermischen, dann goss er es sich alles auf einmal den Hals hinunter, ließ das Feuer sich seinen Weg nach unten brennen und das Durcheinander, das es in seinem Bauch vorfand, in Ordnung bringen.

Das schien den Nebel zu durchdringen. Er spürte, wie der Sonnenaufgang langsam die Wolken fortbrannte, die sich in seinem Schädel verwurzelt hatten.

Tamaz zwinkerte ein paar Mal wild, sich zu bewusstem Denken zwingend. Das war an diesem Morgen eine harte Aufgabe.

Warum war er wach?

Die Gedanken wurden nur langsam konkreter, doch es gelang ihm.

Der Alarm.

Das Labor.

Jemand hatte die Tür geöffnet, ohne die richtige Zahlenkombination einzugeben. Niemand außer ihm und Igor kannten diese Kombination. Niemand außer ihnen beiden hatte einen Grund, welchen Grund auch immer, dort hineinzugehen.

Tamaz sprang plötzlich zur Konsole. Er benötigte drei Versuche, um sein Passwort korrekt in die Tastatur zu tippen, wobei er gefährlich nahe daran war, sich selbst auszuloggen und dazu zu zwingen, die gesamte Authentifizierungsabfolge aus den Ordnern wiederherzustellen, die sich in seinem persönlichen Safe befanden.

Da.

Das war der Alarm aus dem Labor. Kamera aufrufen.

Sie war fort.

Seine Liebe, sein Schatz, seine kleine Meise in ihrem goldenen Käfig. Sie war davongeflogen.

Irgendjemand würde dafür sterben.

Langsam, unter Schmerzen. Irgendjemand würde Jahre damit verbringen, die Tiefe seiner Rache zu verstehen. Wer?

Schnell schaltete sich Tamaz durch die Kameras.

Dort. Auf dem Gang. Mehrere Personen.

NAVARRA!

Ich hätte diesem Mann Sokolovs aufgespießten Kopf als ein Urlaubsgeschenk überreicht.

Es war alles eine Täuschung. Er war hier, um die Frau zu retten, nicht um sich an ihr zu rächen. Nicht, wie Tamaz es täte.

Hektisch schaltete er an der Komm-Einheit herum, bis er den Kanal fand, den er suchte.

„Sicherheitsstation“, grollte er. „Wir haben Eindringlinge an Bord. Verriegeln Sie alle Zugangsluken zur Station und verteilen Sie Ihre Teams. Ich will sie lebendig.“

Lass den Bastard sich nach vorne arbeiten. Der größte Teil der Crew wäre im Vorderteil des Schiffs. Und würde warten.

„Bestätigt, Captain“, erwiderte der Mann. „Bleiben Sie auf Stand-by.“

Tamaz sah, wie der Mann Knöpfe auf seiner eigenen Konsole zu drücken begann.

Irgendwo bewegten sich schwer bewaffnete Männer zu Waffenschränken. Der Tod würde nicht schnell kommen für Navarra und seine Frau. Frauen.

Tamaz beobachtete, wie die Gruppe sich dem steuerbord gelegenen Axialkorridor auf Deck Eins näherte. Das war logisch. Es erlaubte ihnen den Zugang zu fast dem gesamten, zu den Bugluftschleusen führenden Weg, wenn sie sich schnell genug fortbewegten.

Was? Wieso waren sie auf dem Weg nach achtern? Was wollten sie im Maschinenraum?

Tamaz schlug seine Hand auf einen weiteren roten Knopf und hielt ihn gedrückt.

„Warnung." Die computerisierte Stimme einer Frau erfüllte den Korridor. „Feindliche Entermannschaften an Bord. Alle Besatzungsmitglieder bleiben an ihrem Platz. Sicherheitsteams in volle Alarmbereitschaft."

Normalerweise wurde das in einer Endlosschleife abgespielt, wenn sie sich totgestellt und einem anderen Schiff erlaubt hatten, sie zu entern. Der Wolf im Schafspelz. Es ließ sie denken, dass die Besatzung in totaler Panik war, doch es ließ seine Crew auch wissen, dass sie sich vor bevorstehendem Ärger einschließen sollten, da die Jäger bewaffnet und auf der Pirsch waren.

Tamaz öffnete die zweite Schublade in der Nähe und zog eine Pistole hervor, die größer war als die, die er normalerweise trug. Dies war ein reines Betäubungsmodell, eine neurale Peitsche, die einem das Hirn überlud, ohne jedoch zu töten.

Es würde sie nur ausschalten, damit er sie für das Spiel danach fangen konnte.

Navarra war es nicht erlaubt, seine Spielsachen zu stehlen. Die andere Frau würde er als Belohnung behalten.

Aber für das hier würden sie alle sterben.

TEIL FÜNF

„Ganz sicher?“, hörte Javier eine der Frauen schreien. Er war nicht aufmerksam genug, um sie gerade auseinanderzuhalten. Um sie herum blitzten rote Lichter und eine schmerzhaft übersteuerte Sirene jaulte.

„Wollen Sie hier sein, wenn Tamaz auftaucht?“, brüllte er zurück, während er Treppen hinunterstampfte, wobei er beinahe flog und seine Füße im Lauf nur circa jede dritte Stufe berührten.

Suvi betrog und fiel außerhalb des Treppenhauses gerade nach unten. Sie würde piepen, wenn sie jemanden sah, doch ihre Waffe war zu diesem Zeitpunkt nicht mehr viel mehr als reine Show. Dennoch, sie hatte ihnen in einem Moment, indem der Sand langsam auslief, eine Menge Zeit erspart.

Sykora hätte ihn wahrscheinlich überholen können, wenn sie es gewollt hätte, doch sie war zu sehr damit beschäftigt, alles im Auge zu behalten, um sich an ihm vorbeizubewegen, ohne dabei auf die Nase zu fallen. Und wie es Wilhelmina gelang, in Vierzehn-Zentimeter-Absätzen die Stufen hinunterzurennen, war ein Rätsel für die Ewigkeit. Doch es gelang ihr.

Zumindest hielten Piet und Afia mit.

Javier erreichte das Hauptdeck, als sich eine Ebene über ihnen am Ende des offenen Raumes eine Luke öffnete, die aus der Vordersektion hinausführte. Männer quollen hindurch. Javier nahm sich nicht die Zeit, sie zu zählen. Es waren genug.

Die Piraten eröffneten wild das Feuer. Klingend prallten die Strahlen von Stufen, Handläufen und Metall ab, trafen jedoch niemanden. Noch nicht.

Sykora war jetzt ganz offensichtlich in ihrem Element. Javier war genug in die richtige Richtung gewandt, um zu sehen, wie sie drei schnell aufeinander folgende Schüsse abfeuerte.

Der erste blies ein beträchtliches Stück des Geländers auf den Laufsteg, genau auf Höhe der Mitte des Körpers des Typen, der sich dahinter bewegte. Er überlebte, weil statt seiner das Metall explodierte. Der zweite und dritte trafen die beiden Männer, die sich vor dem Typen befanden. Es erwischte sie genau in der Körpermitte … auf eine Entfernung von fünfzig Metern, während sich sowohl die Schützin als auch die Ziele rasend im dreidimensionalen Raum bewegten.

Ganz ehrlich, diese Frau war angsteinflößend.

Javier raste drei Schritte hinter Suvi über die freie Fläche auf die offene Luftschleusenluke zu. Feuer brandete hinter ihm auf.

Nach einem Moment konnte Javier erkennen, wann die Mädchen und wann die Jungs dort oben feuerten. Die Impulspistole klang heller als die Gewehre, die die Jungs bei sich hatten. Er brauchte eine Sekunde, um das Geräusch einzuordnen.

Eine neurale Peitsche.

Scheiße. Jemand dort drüben spielte auf die harte Tour.

Es ging doch nichts darüber, von einem Strahl

zusammenhängenden Lärms erwischt zu werden, der dazu entworfen worden war, einem die Hirnzellen zu verknoten. Eine einfache Möglichkeit, Gefangene zu machen, besonders die Art Gefangene, die man später vielleicht auf dem freien Markt verkaufen wollte.

Nicht, dass Javier davon ausging, dass Tamaz ihn verkaufen würde, wenn es soweit war.

Eine weitere Salve feindlichen Feuers.

Für einen leichtfertigen Moment zog Javier in Erwägung, den kompletten Maschinenraum zum Weltraum hin zu entlüften. Das würde die Bedrohung der neuralen Peitsche beenden, zumindest bis jemand mit einem noch schwereren Geschütz auftauchte, mit etwas, das auch ohne Atmosphäre funktionierte. Aber bis dahin wäre er längst tot.

Javier schaffte es, in Deckung zu gehen, und wandte sich um, um nach den anderen zu sehen. Afia hatte ihm offenbar die ganze Zeit am Bein geklebt. Sie hatte ihn bereits überholt und war nun am hintersten Ende der Luftschleuse. Piet war direkt dahinter.

Blieben nur die Mädchen

Sie hatten beide auf halber Strecke angehalten, um dem Rest der Crew Feuerschutz zu geben. Auf der anderen Seite waren bereits ein halbes Dutzend Männer gefallen, doch weitere quollen mit jeder Sekunde aus anderen Türen in den Raum.

Wilhelmina setzte sich als Erste in Bewegung, offensichtlich auf einen Befehl Sykoras hin. Die war die reinste Schwarze Witwe. 'Minas Bewegung lockte mehrere Männer aus der Deckung und in die Schusslinie.

Sykora erwischte die Meisten von ihnen.

War diese Frau eine aktive Todesanbeterin oder so etwas? Waren das Menschenopfer, um ihre herbe Geliebte zu besänftigen? Wie konnte irgendjemand so gut sein?

Sykora bewegte sich mit der Schnelligkeit eines Feldhasen,

während alle dort drüben sich duckten, vermutlich eingeschüchtert von der Verwüstung, die sie gerade angerichtet hatte. Die Zahl der Toten war definitiv beträchtlich.

Javier beobachtete, wie sie sich bewegte. Die Ballerina des Todes.

Zeitlupe.

Auf ihrem Gesicht lag ein Lächeln, das für einen Moment beinahe orgastisch wirkte.

Da war jemand glücklich.

Sykoras Haar leuchtete wie ein Heiligenschein um ihren Kopf auf, als ein Strahl sie erwischte.

Ihr Gesicht verzog sich vor Schmerz, erschlaffte zu einem Nichts.

Sie wankte, fiel, rutschte, blieb liegen.

Javier zögerte keine Sekunde.

„Gib mir Deckung", rief er Wilhelmina wild zu, als er an ihr vorbei in das Tal des Todes rannte.

Zum Nachdenken blieb keine Zeit, nur zum Handeln.

Zick.

Verblassen.

Strahlen.

Treiben.

Rennen.

Javier erreichte die Homebase mit einem Lauf, der das Spiel entschied, packte Sykoras Pistole und gab drei ungezielte Schüsse ab, bevor er sie in eine Tasche stopfte, während er Sykoras Gürtel ergriff und ihr Gewicht als Anker benutzte, um seine Rutschpartie zu beenden.

Von irgendwo feuerte Wilhelmina unablässig auf die bösen Jungs auf der anderen Seite. Nicht besonders kunstvoll, nur, um ihre Köpfe unten zu halten.

Keine Zeit nachzudenken. Keine Zeit zu atmen.

Javier wuchtete die schwere Frau in einem

Feuerwehrrettungsgriff hoch und wankte, angetrieben von Adrenalin und Furcht, zur Seite. Tamaz würde kein angenehmer Gefangenenwärter sein. Nicht wie Zakhar. Nicht einmal wie Sykora.

Irgendwie schaffte er es zur Luftschleuse.

Wilhelmina wollte die Luke der Luftschleuse schließen, doch er ergriff ihre Hand, bevor sie das tun konnte.

„Hör nicht auf zu schießen", sagte er.

'Mina nickte und lehnte sich nach draußen, traf willkürlich Panele und Laufstege, so schnell sie den Abzug betätigen konnte. Das Energiepack würde auf diese Weise nicht mehr lange halten.

Das musste es auch nicht.

Javier ließ Sykora vor sich auf den Boden knallen. Er ging gerade lange genug in die Hocke, um erst ein Augenlid, dann das zweite anzuheben.

Bewusstlos, aber nicht auf Dauer verquirlt. Eine Erholung in Stunden, nicht erst in Monaten.

Ab und zu passierte das. Anstatt nur benommen zu machen, trafen die Strahlen etwas Wichtiges und verquirlten es wie ein Ei. Es war, als hätte man einen mittelschweren Schlaganfall. Heilbar, doch Monate in der Reha, wo man wieder zu laufen und zu sprechen lernte. Verdammt unangenehm.

Er hatte Schwein gehabt. Oder sie. Wenn man es denn so nennen wollte.

Javier hätte sich gern die Zeit genommen, Sykora für das nun Folgende in einen richtigen Raumanzug zu stecken. Dies würde schon bald unter den Top-10 der dümmsten Dinge, die er jemals versucht hatte, rangieren.

Wenn er sich Zeit ließ, wären sie alle tot.

Draußen wurde es leise.

Javier bedachte seine Optionen. Keine davon waren gut.

Andererseits waren auch nicht alle von ihnen selbstmörderisch.

„Navarra", brüllte Tamaz von irgendwo draußen. „Ich billige dir zu, dass du Stil und Eier hast. Du hättest es beinahe geschafft. Wenn du dich jetzt ergibst, verspreche ich dir, dass ich dich und das Mädchen schnell töten werde. Ich weiß, dass es Sykora erwischt hat. Gib auf."

Wilhelmina murmelte kaum hörbar ein Wort, das Javiers Vater, der Berufssoldat der Flotte gewesen war, die Röte ins Gesicht getrieben hätte.

Javier nickte ihr mit einem harten Lächeln zu. Er langte in den Beutel und zog das Fläschchen mit der grünen Flüssigkeit hervor, wog sein erhebliches Gewicht in seiner Hand.

„Was hast du vor?", flüsterte Wilhelmina heftig, während sie zu ihm hinüber sah.

„Es reicht nicht, um ihnen zu entkommen, 'Mina", murmelte er zurück. „Es reicht nicht, um alle zu retten. Er muss gestoppt werden. Zerstört."

„Und es gibt keinen anderen Weg?", fragte sie.

„Willst du, dass er das noch anderen Leuten wie dir und Sykora antut?"

Er sah, wie ein schmerzhaftes Zucken über ihr Gesicht glitt. Er wusste, dass es Geschichten über Tamaz gab, die nicht erzählt worden waren. Er konnte sich vorstellen, worum es darin ging.

Setze das mit auf die Rechnung.

Wilhelmina knirschte für einen Moment mit den Zähnen und schloss ihre Augen.

Javier fragte sich, ob sie betete, doch Hadiiye erwiderte seinen Blick, als sie sie wieder öffnete.

„Paladine sind Männer und Frauen des Schwerts, Javier", sagte sie ruhig.

Die Art, wie sie das tat, war beinahe angsteinflößend. Doch es reichte aus.

Javier nahm sich eine Sekunde Zeit, sein Ziel zu lokalisieren.

Dort. Primäre Luftzufuhr für den Lebenserhaltungsgenerator. Sauge die ganze schlechte Luft ein, schicke sie durch das Hydroponiesystem um die Fische und die Pflanzen zu füttern, drücke sauberere Luft zurück ins Schiff. Wiederhole das Ganze. Eine wunderschöne, effiziente Konstruktion.

Javier machte einen Schritt und ließ seinen Arm vorschnellen, konzentrierte sich auf den Läufer, der im zweiten Teil des neunten Innings um die dritte Base kam.

Sein Wurf war perfekt getimt, von tödlicher Genauigkeit. Das Fläschchen schlug mit einem zufriedenstellenden Rumms auf dem Deckel der Belüftung auf.

Und fiel unbeschädigt aufs Deck.

Javier murmelte etwas, das Wilhelmina vermutlich hätte erröten lassen. Er kramte nach der Pistole in seiner Tasche, zog sie hervor und begann zu zielen.

„Navarra?“, rief Tamaz. „Was soll es nun sein?“

Offensichtlich war ihm aufgrund des Dämmerlichts und des Dunsts der Flug der Flasche entgangen.

Javier spürte Hadiiyes Hand auf seiner, bevor er sich wieder zurückgezogen hatte.

„Kannst du mit diesem Ding umgehen?“, fragte sie.

Javier zuckte die Achseln. „Vermutlich.“

„Das dachte ich mir“, fuhr sie fort.

Javier sah zu, wie sie ihre eigene Pistole in einer einzigen Bewegung hob und einen einzelnen Schuss abfeuerte, der das Fläschchen voll traf. Es zerplatzte. Dabei versprühte es einen grünlichen Schlabber, der schnell in die Belüftung gesaugt wurde.

Das war, verglichen mit einem Disruptor, das Schöne an

einer Impulspistole. Sie verwendete einen Energiestrahl anstelle von Hitze. Er zerbrach, ohne dass man riskierte, die grüne Flüssigkeit zum Kochen zu bringen und all die fiesen, darin treibenden Bazillen umzubringen.

Javier sah lange genug hin, um sicherzugehen, dann schlug er die Tür der Luftschleuse zu.

„Afia“, sagte er im Umdrehen. „Entfalten Sie den Notfallkokon und schaffen Sykora als Erste hinein. Sie und Piet als nächste.“

Er drehte sich zum Kontrollpanel und jagte drei Schüsse in einem Taumel von Rauch und Funken hinein.

„Was ist mit den Anzügen?“, fragte Wilhelmina.

„Kannst du einen in dreißig Sekunden anlegen?“, erwiderte er.

„Sieh mir zu“, sagte sie und zog ihre Tunika über den Kopf.

Javier hätte gern noch etwas länger zugesehen, als ihre Nacktheit sich ihm darbot, doch es war keine Zeit mehr. Er zog sich ebenfalls aus.

TEIL SECHS

Der kleine Flitzer war schnell bis unter das Dach vollgestopft, als Leute aus der Luftschleuse quollen. Javier beobachtete Piet und Wilhelmina dabei, wie sie Sykoras Körper zum Bett trugen und sie vorsichtig darauf ablegten.

Er ging direkt zur Flugkonsole und ließ alles hochfahren.

„Wie viel Zeit haben wir?", fragte Afia auf Höhe seines Ellbogens. Wenn er saß und sie stand, war sie kaum größer als das.

„Planen Sie, in der nächsten Zeit auf die *Meehu Plattform* zurückzukehren?", antwortete er.

„Im Leben nicht, Sir."

„Ich auch nicht."

Javier drückte einen Knopf und löste die Notfallüberbrückung des Andockmechanismus aus.

Jede Station besaß eine. Normalerweise benutzte sie der Stationschef, um ein Schiff abzustoßen, das Gefahr lief zu explodieren, damit es nichts Garstiges ins Innere leitete und mehr Leute tötete, als lediglich die Besatzung.

Wenn nötig, konnte man sie auch vom Schiff aus auslösen. Wenn ein Notfall auftrat. Oder man fliehen musste und es einem nichts ausmachte, den Stationschef zu verärgern.

Irgendwo, nicht weit entfernt, schlugen Banktresortüren zu und würden Atmosphärenalarme losgehen. Leute würden angepisst sein.

Javier befand sich in einem gestohlenen Schiff, floh mitten aus einer Schießerei nach einem kriminellen Unternehmen, nachdem er biologische Waffen eingesetzt hatte. Ihm war es wirklich egal, ob sie ihm nach all dem ein Knöllchen verpassten.

Der Flitzer ruckte unvermittelt, bevor die Gravplatten es kompensieren konnten.

„Piet“, rief er dem Navigator der *Storm Gauntlet* zu. „Ich habe den Kurs errechnet. Bring uns hier raus, so schnell sie fliegen kann.“

„Roger“, antwortete der Mann und glitt in den Sitz.

Javier schaute nur so lange hin, bis er überzeugt war, dass sie sich in sicheren Hände befanden, dann ging er zu Wilhelmina, die neben Sykora saß, und stellte sich neben sie.

„Wie geht es ihr?“, fragte er.

„Ist von einem Missouri-Maultier getreten worden“, erwiderte Wilhelmina. „Zum Glück für uns ist sie zäher als solch ein Vieh. Ist jetzt groggy. In ein paar Stunden wieder bei sich. Morgen sollte sie wieder auf dem Damm sein. Vorausgesetzt, wir überleben.“

„Wir werden überleben“, sagte er.

Javier wandte sich um.

„Piet, wie lange noch bis zur Maximalgeschwindigkeit?“

„Oh“, antwortete der Holländer sarkastisch, „sollte ich auf diesen Befehl warten?“

Javier lächelte ihn an. „Nyet, Gospodin. Immer voran mit allem. Vollgas und so.“

Javier überprüfte die Uhr in seinem Kopf.

„Wohin springen wir eigentlich?“, fragte Piet.

„Nirgendwo hin", erwiderte Javier. „Wir hauen nur ab."

„Javier?"

Wilhelmina, mit einer Hand Sykoras haltend, sah ihn genau an.

„'Mina?"

„Wie bald werden wir es wissen?"

Und da lag der Hase im Pfeffer. Wie bald?

„Wir sind ein Rennboot. Er ist ein aufgemotzter Frachter. Finden wir es heraus."

Javier trat nah an die Konsole heran. Er beobachtete, wie Suvi vorsichtig auf ihrem Aufladering landete.

Er wusste, dass ihre Batterien nach der wilden Flucht durch den Weltraum hierher beinahe leer waren. Doch sie hatte auch ihrer aller Leben gerettet, indem sie etwas getan hatte, das ein normaler Mensch nicht tun konnte. Wie zum Beispiel einen vollständigen Notfallkokon von einem Schiff zum anderen und direkt zur Luftschleuse des Flitzers zu ziehen. Schneller als irgendjemand auf dem Frachter oder der Station sich bewegen konnte, um sie abzufangen.

Einen Schritt voraus.

Er lächelte Suvi an, als das kleine blinkende Ladeding stotterte. Er stellte sich vor, dass es Suvi war, die ihn anlächelte und ihm zuzwinkerte. Er zwinkerte zurück.

Javier drückte einen Knopf, um einen Kommunikationskanal zu öffnen.

Das Tuch des Winters selbst legte sich um seine Schultern, als er Atem holte.

„*Salekhard*, hier spricht Navarra", sagte er ruhig und eisig.

„Ich werde dich töten, Navarra", erwiderte Tamaz umgehend.

„Zuerst einmal wirst du mich fangen müssen, du Drecksack von einem Amateur", erwiderte Navarra, jagte ihm das Messer hinein und begann, es zu drehen. „Viel Glück dabei."

„Du kannst nirgendwohin rennen, wo ich dich nicht finden werde", fuhr Tamaz fort. „Und ich werde nie aufhören, dich zu jagen. Darauf hast du mein Ehrenwort."

„Du besitzt keine Ehre, Abraam Tamaz", höhnte Navarra. „Du bist der Abschaum, der den Boden des Fasses verkrustet, nachdem der ganze verrottete Fisch in eine finstere Seitengasse gekippt worden ist. Jetzt gerade weiß jeder, dass du sie verloren hast. Andererseits ... du konntest ohnehin nie eine Frau halten, oder?"

Navarra schloss den Kanal mit einem brutalen Fingerdruck. Virtuelle Knöpfe besaßen nicht den taktilen Gegendruck, den er jetzt gern gespürt hätte. Er wünschte, dass er einen Telefonhörer auf die Gabel hätte knallen können, so wie in den alten Filmen.

Das wäre befriedigender gewesen.

Er wandte sich um, um die Besatzung, die ihn umstand, zu mustern. Und bekam beinahe den Schock seines Lebens.

Piet sah ihn mit heruntergefallenem Kiefer an, Afias Augen waren riesig. Sogar Hadiiye wirkte geschockt.

„Piet", knurrte er, wobei er versuchte, die Kluft zwischen ihm und den anderen zu überbrücken. „Wie lange noch, bis wir diese Koordinaten erreichen, wenn wir nicht langsamer werden?"

Der Navigator starrte ihn nur an.

„Piet." Er schnippte mit den Fingern. „Aufwachen."

„Natürlich", sagte der Mann und riss sich los, um auf die Konsole zu blicken.

Ein paar Augenblicke vergingen.

„Vorausgesetzt, dass wir nicht daran vorbeizischen", sagte er nach einer Weile, „etwas weniger als zwei Stunden. Fünf, wenn Sie langsamer werden und hier parken wollen. Was davon darf es sein?"

„Ein Loch im All, Alferdinck", erwiderte Navarra.

Er wollte jetzt lieber Javier sein. Das wollte er wirklich.

Doch das war nicht möglich. Nicht heute.

Heute konnte er niemand anderer sein als Captain Navarra. Killer. Knallharter Pirat der Extraklasse. Das musste reichen.

Genau jetzt war er Kapitän dieses kleinen Flitzers. Daran ließ die Art, wie der Rest ihn ansah, keinen Zweifel.

Es wurde Zeit, das Beste daraus zu machen.

„Afia", sagte er und schraubte das Gift in seiner Stimme auf ein normales Unterhaltungslevel herunter. „Könnten Sie das Kaffeemachen übernehmen? Vor dem nächsten Akt ist noch ein wenig Zeit."

„Kommt sofort, Sir", sagte sie ruhig.

Es würde guter Kaffee sein. Afia mochte ihn schwarz, so wie er, besonders an einem Tag wie heute. Die anderen konnten Milch oder sonst etwas dazugeben, um die Bitterkeit auf ein Niveau herunterzuschrauben, das auch für Normalsterbliche erträglich war. Er wollte etwas Monumentales. Heute war ein Tag für große Gesten.

Wie etwa, eine Gefangene unter Tamaz' Nase wegzustehlen.

Le Beau Geste.

„Kontakt", sagte Piet unvermittelt, als ein Ton an der Konsole erklang. „Sieht so aus, als wäre es der *Salekhard* endlich gelungen, sich von der Station abzukoppeln und nun langsam, mit zunehmender Geschwindigkeit hinter uns herzufliegen. Er hat eine Zielerfassung, wird aber nicht so bald in der Reichweite dafür sein."

„Er musste sich benehmen", antwortete Navarra. „Wir konnten uns davonmachen wie ein Haufen Bankräuber."

„Ich beschwere mich nicht, Sir", erwiderte Piet. „Ich bin hier wesentlich glücklicher als dort. Ich habe die Sensoren und Kommunikation für den Moment unter Kontrolle."

Navarra war sich ziemlich sicher, dass dies mehr Worte waren, als der normalerweise stille Piet Alferdinck je auf einmal zu ihm gesagt hatte.

„Sagt Tamaz irgendetwas interessantes?“, fragte Navarra ruhig.

Die wahnsinnige Energie begann langsam abzuebben. Die Gezeiten des Tages kamen zur Ruhe, wendeten sich, drohten, aus dem Hafen zu rinnen und ihn mit sich zu ziehen.

„Nicht, wenn Sie nicht lernen wollen, in ein paar neuen Sprachen zu fluchen, Sir.“

Sir? Ja, ich schätze, ich bin gerade ein „Sir“ für sie geworden. Ich bin von einem Sklaven auf ihrem Schiff zu einem Offizier geworden, der das Sagen hat, verantwortlich für ihr Leben ist und dafür, sie aus dem Gefängnis zu befreien und sie vor einer Verabredung mit dem Henker zu bewahren.

Wann zur Hölle hatte er sich in einen von ihnen verwandelt?

Navarras Blick richtete sich auf Djamila Sykora auf dem Bett. Wilhelmina hatte sie mit einer leichten Decke zugedeckt. Er sah ihre geschlossenen Augen hin und her zucken, gefangen in irgendeinem Albtraum aus dem sie erwachen würde, um festzustellen, dass sie ihr Schicksal mit Tamaz gegen ein neues Schicksal mit ihm eingetauscht hatte.

Ich frage mich, was von ihrem Standpunkt aus schlimmer ist?

Trotzdem, er war einer von ihnen. Er hatte die Befehlsgewalt. Er würde dieses Chaos bis zum bitteren Ende bringen.

Nun blieb nur noch, herauszufinden, ob er Bligh oder Christian war.

Navarra griff nach unten und schaltete das Kommunikationsgerät ein. Er stellte sicher, dass es diesmal der Standardnavigationskanal war, so dass jeder, der sich im System befand, zuhören konnte.

„*Salekhard*“, knurrte er. „Ich warte immer noch darauf, dass der Tanz beginnt. Oder bist du ein zu großer Feigling, um überhaupt rauszukommen und mit mir zu kämpfen, Tamaz?“

Auf der anderen Seite des Weltraums keuchte Tamaz zornig auf und setzte dann seinen endlosen Strom Schmähungen fort.

Navarra begann schnell, sich zu langweilen. Javier wäre zumindest davon beeindruckt gewesen, dass der Pirat zwischen den Wiederholungen so viele neue Worte kannte. Das war beinahe schon eine Begabung.

Tamaz war trotzdem ein Esel.

Navarra stellte vorübergehend das Kommunikationsgerät ab. Es diente jetzt zu nichts anderem mehr, als den Mann weiter zu reizen.

Das hatte er mittlerweile wahrscheinlich genug getan. Wenn nicht, dann konnte es noch ein wenig warten.

Afia servierte ihm einen Becher Kaffee.

„Also, wo ist der Hase?“, fragte sie unschuldig.

„Hase?“ Navarra blinzelte auf die winzige Frau hinab.

„Ich habe zu oft mit Ihnen Poker gespielt, Sir“, sagte sie. „Sie bluffen gerade nicht. Also haben Sie einen Hasen, den Sie gleich aus dem Hut zaubern werden.“

Navarra schenkte ihr ein grausames Lächeln und ließ es ein bisschen wärmer werden.

„Sie haben das Fläschchen mit der Flüssigkeit gesehen, Afia?“, fragte er im Plauderton. „Ich nehme nicht an, dass Sie gesehen haben, wohin ich es geworfen habe?“

„Nein, Sir“, antwortete sie fest. „Ich war damit beschäftigt, bei der Verladung der Dragonerin zu helfen, damit wir das Schiff verlassen konnten. Was war es? Ich habe gesehen, dass es grün war.“

Wilhelmina erhob sich vom Bett, um sich in die Unterhaltung einzuschalten. Sie sah müde aus.

„Es war ein biologischer Kampfstoff, Afia", sagte sie. „Captain Tamaz wollte Djamila damit infizieren und sie dann zurück auf die *Storm Gauntlet* schicken, um den Rest der Besatzung anzustecken und zu töten."

Die dunklen Augen der Frau wurden groß. „Ernsthaft? Eine Seuche?"

„So ist es", sagte Navarra. „Eine Seuche. Wir haben das Glas zerbrochen und die Flüssigkeit in den Lufteintritt für das Lebenserhaltungsgebläse der *Salekhard* eingespeist."

Afia Burakgazi war von Hause aus Ingenieurin, eine Expertin in der Wartung und Beschickung mechanischer Systeme. Navarra sah ihre Augen hin und her flattern, als sie die entsprechenden Systeme an Bord der *Storm Gauntlet* durchging. Ihre heimatliche Angriffskorvette war ein speziell angefertigtes Kriegsschiff, nicht ein aufgemotzter Frachter, doch die Gleichungen waren ähnlich.

„Eine biologische Waffe", murmelte sie. „Zerstäube sie in die feuchte Luft aus dem Hydroponiesystem, versorge es mit den richtigen Nährstoffen, blase es ins ganze Schiff. Infiziere jeden in unter einer Stunde, es sei denn, sie stellen das komplette System ab."

„Sie können das Lebenserhaltungssystem nicht abstellen."

Ihre normalerweise dunkle Haut erbleichte, während sie ihn stumm anstarrte.

„Woher wissen Sie das?"

Navarra merkte, wie ein grausames Lächeln auf seinem Gesicht erschien.

„Das hätten sie tun können, doch dazu hätten sie alles entlüften und frische Luft aus der Station abpumpen müssen. Und wir wissen, dass sie das nicht getan haben …"

„Weil sie sofort von der Station abgedockt haben und uns nun jagen", beendete Afia den Satz mit einem Flüstern.

„Werden sie überhaupt begreifen, dass sie sterben?“, erkundigte sich Wilhelmina.

Navarra zuckte die Achseln.

„Wir haben nicht die Details erörtert, ’Mina“, stellte er einfach fest. „Doch wenn man bedenkt, was für eine Art Mann Tamaz ist, wird es etwas extrem Schmerzhaftes, aber schnell Wirkendes sein. Er würde alle auf der *Storm Gauntlet* so schnell töten wollen, dass er sofort an Bord gehen und Sykora das Gegengift verabreichen könnte, wenn sie nicht nur als Trägerin dienen sollte, und dann das Schiff stehlen. Damit hätte er ein brandneues Kriegsschiff in seiner Flotte und gleichzeitig an allen Rache genommen. Leute länger leiden zu lassen, würde das Risiko beinhalten, dass jemand die Krankheit kuriert oder dass Sokolov die *Gauntlet* stattdessen in die Luft jagt.“

„Wie lange schätzt du dann?“, fragte Wilhelmina.

Navarra las die Uhr in seinem Kopf ab.

„Etwas über zwei Stunden seit der Exponierung“, sagte er. „Piet, wie bald werden sie uns eingeholt haben?“

Der Navigator riss seine Augen von Navarra los und studierte seine Konsole.

„Wir beschleunigen schneller“, erwiderte der Mann schließlich. „Sie haben größere Antriebe, daher nehme ich an, eine dreißig Prozent höhere Maximalgeschwindigkeit bei dieser Solarwinddichte. Vielleicht vier weitere Stunden, wenn sich auf ihrer Seite nichts ändert und dann …“

Navarra sah, wie er aufhörte zu reden, weil seine Konzentration auf etwas anderes gerichtet war. Eine Hand fuhr zu seinem Ohr hinauf.

Navarra war nicht klar gewesen, dass Piet einen Ohrstöpsel trug und Tamaz die ganze Zeit über die Kommunikationseinheit abhörte. Wenn man die Gesellschaft bedachte, verlangte das nach darmtechnischer Stärke.

„Sir”, sagte Piet. „Das müssen Sie hören.“

Er langte herüber und schlug auf einen Knopf auf der Konsole, womit er den Ton lauter stellte.

Ein Schmerzgeheul erfüllte die Kabine.

Es war ein Wehklagen, eine zornige *Banshee*, die nach jemandes Seele verlangte, wortlos und sinnlos schrie. Es dauerte eine Sekunde bis Navarra begriff, dass eine menschliche Kehle dieses Geräusch erzeugte.

Navarra ließ zu, dass das Frösteln sich in seine Seele hineinäzte, bevor Javier wieder übernahm und die Piratenpersönlichkeit an die dunklen Orte in seinem Inneren verbannte, wo ein Mann wie dieser normalerweise hauste.

Javier sah jedes einzelne seiner Besatzungsmitglieder an. Navarra hätte sie grimmig angesehen. Doch Navarra war fort. Stattdessen schenkte er ihnen einen festen, entschlossenen Blick.

Sein Blick verschränkte sich mit Wilhelminas. Dort fühlte er Wärme, doch die lag auf der anderen Seite einer fernen See, verloren hinter dem Horizont.

„Paladine“, flüsterte er gerade laut genug, dass sie ihn hören konnten, „sind Männer und Frauen des Schwerts.“

TEIL SIEBEN

Javier stand seitlich von Sokolovs Schreibtisch und betrachtete die Schwärze des Alls durch ein Bullauge.

Die *Salekhard* war fort. Ausgelöscht. Zerschmettert von einer rollenden Salve der Kanonen der *Storm Gauntlet*. Läuterung durch Verbrennung. Doch zu jenem Zeitpunkt war es lediglich das Erschießen eines lahmenden Pferdes gewesen. Tamaz und seine verrückten Hunde waren bereits tot gewesen.

Die Ortsansässigen würden es auf eine Revierstreitigkeit zwischen Piraten schieben. Die waren häufig genug an Orten wie diesem. Tamaz hatte gespielt und verloren. Manchmal war das der Preis, den man zahlte.

„Irgendwann zahlt jeder diesen Preis, Aritza“, erwiderte der Captain.

Javier war nicht klar gewesen, dass er seine Überlegungen laut ausgesprochen hatte.

„Und wir hätten sie aufbringen können“, fuhr Sokolov beinahe hoffnungsvoll fort.

„Nein“, sagte Javier fest. „Die reinigenden Feuer waren besser. Lassen Sie das Vakuum und die Strahlung den

Kadaver reinigen. Alles andere wäre zu riskant. Wer weiß, was dieser Bastard noch für Süppchen gekocht hatte?"

„Und was nun, Herr Wissenschaftsoffizier?"

„Nun?", überlegte Javier, „schicken wir Sykora und Wilhelmina los, um ihre Mission zu beenden und das Schiff zu verkaufen. Außerdem veräußern wir den gestohlenen Flitzer. Dann setzen wir unser normales Leben fort."

„Werden Sie mir je die ganze Geschichte darüber erzählen, was vorgefallen ist, Aritza?"

Javier lächelte reumütig.

„Nicht auf dieser Seite der Hölle, Zakhar. Nicht auf dieser Seite der Hölle."

Das schwarze Haar war befremdlich, doch sie war noch immer schön. Javier sah weiterhin Spuren von Hadiiye in der Art wie sie sich bewegte, doch es war Wilhelmina, die vor ihm stand.

Sie befanden sich allein in seiner Kabine.

Er streckte beinahe schüchtern die Hand aus.

Sie nahm sie fast ebenso vorsichtig.

Schweigen legte sich über sie, während er nach Worten suchte.

„Ich möchte, dass du etwas für mich tust", sagte er schließlich.

„Was?"

„Ich möchte Suvi mit dir schicken, 'Mina. Sie kann dir dabei helfen, dich dort draußen zu schützen, und sie verdient ihre Chance zu entkommen. So wie die Dinge laufen, werde ich noch jahrelang als Sklave hier festsitzen. Sie sollte leben."

„Nein." Wilhelmina lächelte ihn sanft an. Sie konnte eine sture Frau sein.

„Nein?"

„Nein. Wir haben uns unterhalten, sie und ich."

„Ihr habt was?"

„Suvi und ich haben uns miteinander unterhalten, während du beim Captain warst. Ich habe sie gefragt. Sie will bei dir bleiben."

Javier wandte sich um, um den ferngesteuerten Sensor anzusehen, der still auf seinem Aufladering ruhte.

„Bist du völlig durchgeknallt?", fragte er.

Suvis Betriebsbeleuchtung ging an.

„Du brauchst wesentlich mehr Schutz als sie, Boss", sagte sein Erster Maat bei Erkundungen, seine Freundin.

Javier weigerte sich, zu weinen, als er Wilhelmina mit den Armen umschlang.

Es war gut, Freunde zu haben.

Javier sah Wilhelmina genau wie beim letzten Mal hinterher, als sie die Luftschleusenröhre zu dem kleinen Flitzer hinunterging. Und genau wie beim letzten Mal würde er sie nicht wiedersehen. Allerdings hatte er mit ihr die Vereinbarung getroffen, in fünf Jahren an einem bestimmten Tag in einer bestimmten Bar zu sein, mit einer Rose am Revers.

Nur für alle Fälle, damit das klar war.

Afia Burakgazi und Piet Alferdinck befanden sich bereits an Bord und bereiteten alles vor, als sei nicht fast ein Monat vergangen, seitdem sie dies hier schon einmal versucht hatten. Beim zweiten Mal hatte man immer mehr Glück.

Er war allein in der Luftschleuse.

Plötzlich und beinahe ohne jedes Geräusch erschien ein Baum hinter ihm.

Javier drehte sich um.

Djamila Sykora. Dragonerin. Ballerina des Todes. Zornige, zornige Frau.

Sie stand ihm fast so nahe, dass er seine Nase in ihren Ausschnitt hätte stecken können. Das tat er auch beinahe.

Er blickte auf.

In ihren Augen lag wahnsinniger Hass.

Es war gut, wieder zu Hause zu sein.

„Ich habe den Großteil der Geschichte gehört", knurrte sie im Flüsterton.

„Das waren nur Lügen und versteckte Anspielungen", erwiderte er und fühlte die Hitze in seinem Bauch aufsteigen, wie Galle, die sich in Napalm verwandelt hatte.

„Daran habe ich keinen Zweifel, Aritza", fauchte sie. „Besonders soweit es Sie angeht. Ich will wissen, warum."

„Warum was?"

„Warum haben Sie dem zugestimmt?", sagte sie. „Warum Ihr Leben riskieren? Warum nicht einfach weggehen? Teague mögen Sie vielleicht so sehr, aber nicht Alferdinck oder Burakgazi."

„Warum ich Leib und Leben, Freiheit und die Ewigkeit für Sie riskiert habe, Sykora? Ist es das?"

„Exakt, Aritza. Warum?"

Javier griff nach oben und packte sie an der Hemdbrust. Das hier hatte nichts mehr damit zu tun, dass sie ein Mann und eine Frau waren. Er wollte sie nur auf seine Höhe hinunter bringen.

Er zog. Sie kam.

Sie endeten Nase an Nase, Knurren an Knurren.

„Weil Sie niemand töten wird außer mir", sagte Javier rau.

Sykora starrte ihn für einige Sekunden hart an und versenkte sich dabei so tief in seine Seele wie er in die ihre.

Er sah den Hass, der in diesen Augen brannte. Diesen verrückten, brennenden Zorn, der jedes Bisschen rationalen

Denkens, der Vorsicht, des Überlebens übermannte. Er sah die kreative Urenergie des Universums. Schöpfungsmythen, die sich entfalteten. Götterkriege, die sich abspielten.

Götterdämmerung.

Unvermittelt stürzte sie vorwärts und küsste ihn hart auf den Mund. Es war Leidenschaft ohne Romantik, Feuer ohne Wärme.

Ein Versprechen der Ewigkeit.

Geliebte im Hass.

„Abgemacht“, sagte sie.

LESEN SIE MEHR!

Lesen Sie auch die anderen Bücher aus der Serie *Der Wissenschaftsoffizier*!

Der Wissenschaftsoffizier
Mission im Minenfeld
Der Goldene Käfig
Heißer Coup auf der Shangdu
The Doomsday Vault
The Last Flagship
The Hammerfield Gambit
The Hammerfield Payoff
The Bryce Connection

Sie können die Bände 1-4 zusammen erhalten in The Science Officer Omnibus 1

Band 5-8 sind erschienen im Sammelband
The Science Officer Omnibus 2

ÜBER DEN AUTOR

Blaze Ward schreibt Science-Fiction-Romane und -Storys, die im Alexandria Station Universum spielen (*Jessica Keller, Der Wissenschaftsoffizier, The Story Road,* etc.) sowie in diversen anderen Science-Fiction-Universen, wie *Star Dragon, Das Dominion* u.a. Außerdem schreibt er gelegentlich ein wenig High Fantasy mit Schwertern und Orks. Darüber hinaus ist er Redakteur und Herausgeber des *Boundary Shock Quarterly Magazine.* Sie können mehr auf seiner Website www.blazeward.com herausfinden, sowie auf Facebook, bei Goodreads, und an anderen Orten.

Blazes Geschichten sind erhältlich als E-Books, Bücher und als Audioversionen und können bei einer Reihe von Online-Verkäufern erworben werden. Sein Newsletter erscheint regelmäßig, und Sie können ihm auf dem Blog auf seiner Website folgen. Er liebt den Kontakt mit seinen Fans außerordentlich und freut sich auf alle möglichen Fragen – sogar, wenn sie seine Bücher betreffen!

Rezensionen

Es ist wahr. Rezensionen helfen mir dabei, mehr Bücher zu verkaufen. Wenn Ihnen diese Geschichte gefallen hat, dann hinterlassen Sie bitte eine Buchbesprechung auf Ihrer Lieblings-Website.

Verpassen Sie keine Veröffentlichung!

Wenn Sie über neue Veröffentlichungen informiert werden wollen, melden Sie sich für meinen Newsletter an.

Ich werde Sie nicht mit Spam-Mails bombardieren oder Ihre E-Mail-Adresse für ruchlose Taten verwenden. Sie können sich auch jederzeit wieder abmelden.

http://www.blazeward.com/newsletter/

Treten Sie mit Blaze in Kontakt!:

Web: www.blazeward.com

Boundary Shock Quarterly (BSQ):
www.BoundaryShockQuarterly.com

ÜBER KNOTTED ROAD PRESS

Knotted Road Press Belletristik ist spezialisiert auf rasante Geschichten, die an mysteriösen, exotischen Orten spielen.

Knotted Road Press Sachliteratur veröffentlicht Autobiographien, Wirtschaftsbücher, Kochbücher und Anleitungen, die in einzigartigem Ton geschrieben sind.

Knotted Road Press stellt für Leser in aller Welt DRM-freie E-Books her, sowie Druckversionen von hoher Qualität.

Mit seinen Autoren, die in so unterschiedlichen Genres schreiben wie Literatur, Lyrik, Mystery, Fantasy und Science Fiction, hat Knotted Road Press für jeden etwas zu bieten.

Knotted Road Press
www.KnottedRoadPress.com

www.ingramcontent.com/pod-product-compliance
Lightning Source LLC
Chambersburg PA
CBHW070041130726
47907CB00017B/1268

* 9 7 8 1 6 4 4 7 0 1 9 3 5 *